Rafael Moreira

Diário ADOLESCENTE de um APAIXONADO

Novas Páginas

© 2015 Editora Novo Conceito
Todos os direitos reservados.

Nenhuma parte desta publicação poderá ser reproduzida ou transmitida de qualquer modo ou por qualquer meio, eletrônico ou mecânico, incluindo fotocópia, ou qualquer outro tipo de sistema de armazenamento e transmissão de informação sem autorização por escrito da Editora.

2ª Impressão — 2015
Impressão e Acabamento Cromosete 130315

Produção editorial:
 Equipe Novo Conceito
 Fotos: cortesia do autor

Dados Internacionais de Catalogação na Publicação (CIP)
(Câmara Brasileira do Livro, SP, Brasil)

Moreira, Rafael
   Diário de um adolescente apaixonado / Rafael Moreira. -- Ribeirão Preto, SP : Novo Conceito Editora, 2015.

   ISBN 978-85-8163-684-9
   1. Ficção brasileira I. Título.

14-13119   CDD-869.93

Índice para catálogo sistemático:
1. Ficção : Literatura brasileira 869.93

Novas Páginas
Rua Dr. Hugo Fortes, 1885
Parque Industrial Lagoinha
14095-260 – Ribeirão Preto – SP
www.grupoeditorialnovoconceito.com.br

FUNDAÇÃO ABRINQ   **Save the Children**

Parte da renda deste livro será doada para a **Fundação Abrinq – Save the Children**, que promove a defesa dos direitos e o exercício da cidadania de crianças e adolescentes.
Saiba mais: **www.fundabrinq.org.br**

Queria dedicar este livro primeiramente para meus pais.

♥ VOCÊS SÃO DEMAIS! ☺

E a toda a equipe da Editora Novo Conceito por acreditar em mim.

SUMÁRIO

Amizade (por Christian Figueiredo), 7

Perdoe-se, 9
Pessoas perfeitas existem?, 15
Eu namoro, mas tô solteiro, 19
Amigo é..., 23
Acabou?, 27
Mulher de TPM, 31
Orgulho, 35
Não se iluda, 39
Lidando com perdas, 43
Contando gotas, 47
Forma errada, 51
Amor x humor, 55
Todo dia um quadro novo, 61
A escola e a vida, 65
Não ser correspondido, 69
Paixões com finais felizes (Sim, elas existem!), 73
Sonhos e caminhos, 79
A pressão da escolha profissional, 81
Eternas crianças, 85
Meu primeiro beijo, 87
A moral da História, 91
Primeiro encontro, 95
Namoro a distância, 99
Ciúme (não alimente o monstro), 103
Eu Escolhi Esperar, 109
Família, ê!, Família, ah!, 115
Então, é isso, 123

Agradecimentos, 125

BROTHER

AMIZADE

Christian Figueiredo

Irmão de sangue? Acho que o que determina cumplicidade, companheirismo, amizade e felicidade entre duas pessoas não está no sangue, e sim no laço que essas pessoas vão criar entre si.

Minha amizade com o Rafael começou há três anos, e minha sensação é de muito mais de trinta, mesmo eu tendo só vinte anos.

Viver um momento engraçado, simples porém inesquecível, idiota, bobo, sério e logo depois descontraído, é isso o tempo todo com o Rafa. Não temos momentos de tristeza ou de discussão. Quando estou com ele só vivemos o lado bom da vida, vendo as coisas divertidas nos pequenos detalhes banais do dia a dia.

Isso que diferencia o Rafa de muitas pessoas: sua humildade, simplicidade e alma pura, capaz de transformar um dia sério no dia mais engraçado do mundo! Acho que ele não suporta me ver de cara brava, se me vê assim logo já tenta criar uma situação engraçada pra me descontrair. Esse é ele.

Uma amizade verdadeira é aquela que enfrenta qualquer barreira e às vezes, por mais que você se distancie daquela pessoa, quando a vê, parece que nada mudou. Essa é a sensação que tenho com o Rafael, e é isso que ele passa no seu modo de agir.

"TAMO JUNTÃO!" - como ele diria.

Já como eu diria: "É NÓIS, MOLECÃO"!

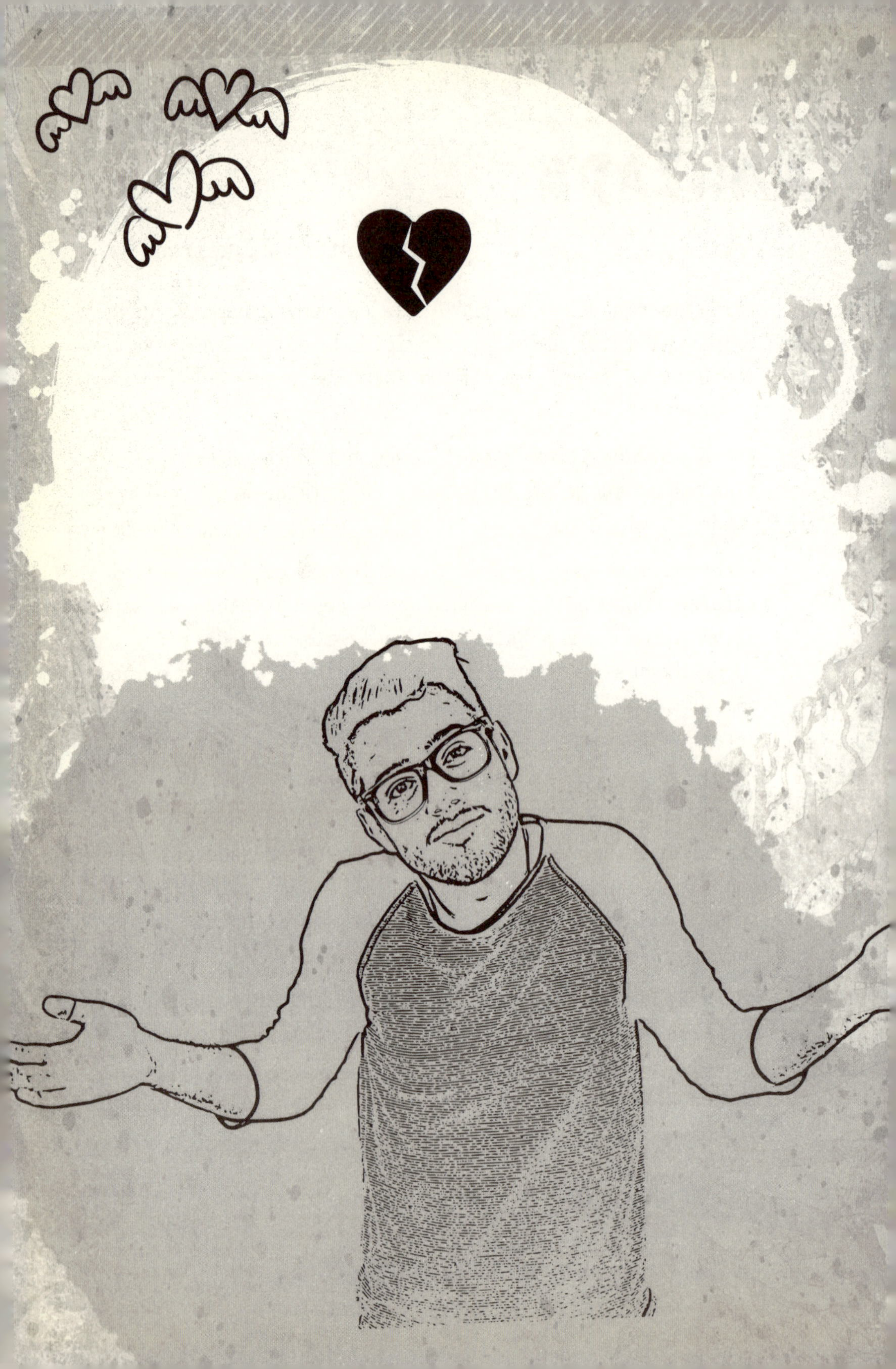

{ PERDOE-SE }

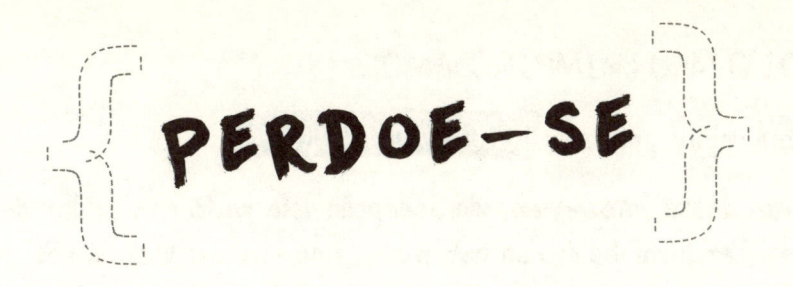

Ainda me lembro dos dias que passamos juntos.

Das nossas risadas, das brincadeiras que só a gente entendia. Lembro da sua admirável inocência ao afirmar que todas as pessoas eram iguais para você, e de como você queria ajudar todo mundo. Lembro de como era no começo, aquela vontade de te ver logo após ter te dado tchau, aquele abraço que eu fechava os olhos e pedia para o tempo parar apenas para nunca mais precisar te soltar.

Lembro do constrangimento que passei atravessando Campinas e indo até São Paulo de ônibus com aquele balão rosa de princesa só pra ver um sorriso no seu rosto. Esse dia foi louco. Não sabia onde enfiar a cara quando me perguntavam sobre o balão ou quando uma criança ficava olhando e chorando pedindo um igual para a mãe. Não que isso tenha sido um grande gesto de amor, mas eu não media esforços quando o assunto era você.

Mas o tempo passou.

As coisas foram mudando e, o pior de tudo, <u>VOCÊ MUDOU!</u> De um momento para o outro, me pareceu que todas as noites em claro pensando em você tinham sido em vão. E com esse passar do tempo eu aprendi que as pessoas machucavam umas às outras, em certas ocasiões sem a intenção, mas em muitas outras vezes apenas por olhar somente para si mesmas.

Rafael Moreira

VOCÊ FOI O MEU PRIMEIRO AMOR.

E também a minha primeira DECEPÇÃO AMOROSA.

Lembro bem desse fato. A dor da decepção veio junto com a dor de outra perda. Perdi minha avó ao mesmo tempo em que você já não estava mais ao meu lado. E as noites em claro? As noites em claro viraram pensamentos, mas não como antes, quando eu só conseguia pensar no seu sorriso quando estávamos juntos.

Os pensamentos mudaram, e eu passei a buscar alguma forma de entender onde eu errei e por que havíamos acabado.

Demorei pra entender. Graças a Deus, meus pais foram os que mais me deram forças naquele momento. Antes de acontecer comigo, eu sempre me perguntava "COMO QUE UMA PESSOA PODE FICAR TÃO MAL POR PERDER A OUTRA?". E passei dias tentando entender o motivo de eu ter ficado tão mal.

Durante todo esse tempo eu passei a te culpar por tudo de errado que aconteceu entre nós. Chorei, me tranquei no quarto diversas vezes por não querer sair e enfrentar um "mundo" onde você não estivesse presente.

Nesse momento, você deve estar pensando: "Nossa, Rafa! Como você é fofo, você realmente a amava!".

Não pense errado.

Não existe nada de fofo em parar sua vida por outra pessoa, ainda mais por uma decepção amorosa.

DEMOROU, MAS EU ENTENDI
QUE A CULPADA NÃO ERA ELA.
ERA EU.

Eu, pelo simples fato de achar que ela tinha mudado e esquecer que eu também estava mudando. Todos nós mudamos, o tempo todo, e isso é inevitável. Lulu Santos canta um certo trecho: "Tudo muda o tempo todo no mundo". Até Tim Maia concordava.

Uma hora seus pensamentos vão amadurecer. Suas vontades vão mudar, e não adianta achar que isso acontece com todo mundo EXCETO com você.

Aquela minha página virada? Não que ela não tenha alguns erros... Alguns não, vai. Muitos! Mas eu também errei ao escrever nela.

Às vezes é muito difícil sorrir quando na verdade o que você mais quer é chorar. Desmoronar. Mas acabamos passando por amigos e dizendo um simples "Oi", quando por dentro o que você mais precisa é de um abraço.

A decepção que você passou pode ter deixado cicatrizes doloridas, que às vezes ardem, te fazem chorar e levam o seu sono embora. Mas uma vez alguém me disse que todos nós somos guerreiros, e que nenhum guerreiro entra para a história sem cicatrizes das batalhas travadas.

Cada um de nós tem sua própria guerra pessoal, e precisamos vencê-la com honra. E para isso é preciso humildade para reconhecermos nossos erros.

ACHO MELHOR PENSAR DIREITO ANTES DE COMEÇAR A NAMORAR QUALQUER UM.

NÃO DÊ VALOR A UM "EU TE AMO" QUALQUER, DÊ VALOR ÀS ATITUDES QUE DEMONSTREM ISSO.

É PRECISO SABER AMAR E PERDOAR QUANDO FOR PRECISO.

E, depois de todo esse caminho percorrido, respondo à minha própria pergunta: "Como uma pessoa pode ficar tão mal por perder a outra?".

Ficamos mal por termos confiado, por termos feito planos que jamais serão cumpridos, por termos investido tempo. Nos abalamos pelos bons momentos que ficaram apenas na memória. Ficamos mal, pois queremos de volta os instantes felizes que vivemos ao lado de quem não existe mais.

Impossível não se sentir mal por perder algo que um dia te fez feliz.

Não negue a você o direito do perdão. Se te fez feliz é porque "FEZ", passado, e não FAZ, presente.

Você merece ser feliz o tempo todo.

Perdoe a pessoa que fez com que você se sentisse mal. Mas o mais importante é você SE perdoar. Por mais que seja difícil, sorria, não perca a oportunidade de um abraço. Deixe tudo para trás e busque a felicidade aprendendo com os erros que cometeu.

E, como tivemos uma participação especial do Lulu Santos algumas linhas atrás, completo com mais um trecho da música dele:

"Não adianta fugir

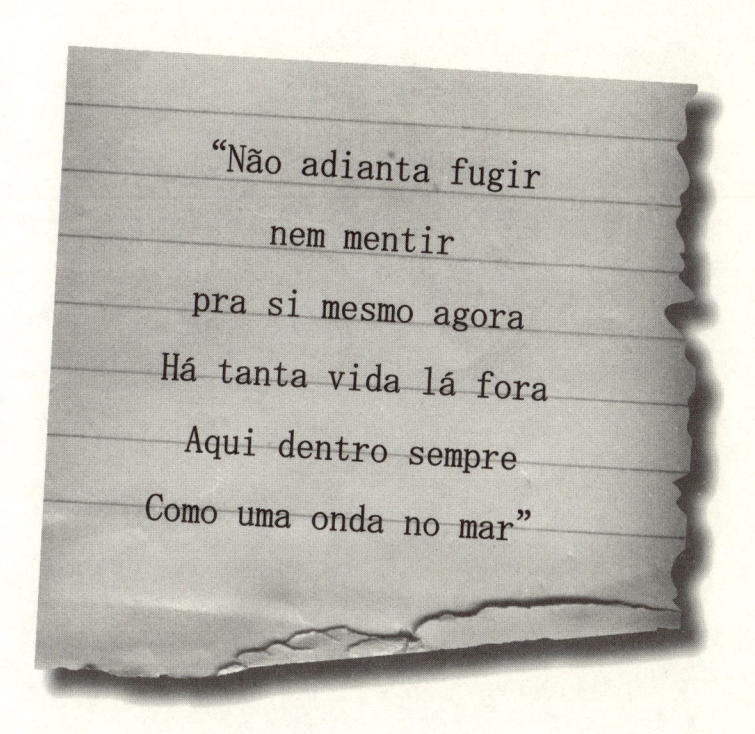

nem mentir

pra si mesmo agora

Há tanta vida lá fora

Aqui dentro sempre

Como uma onda no mar"

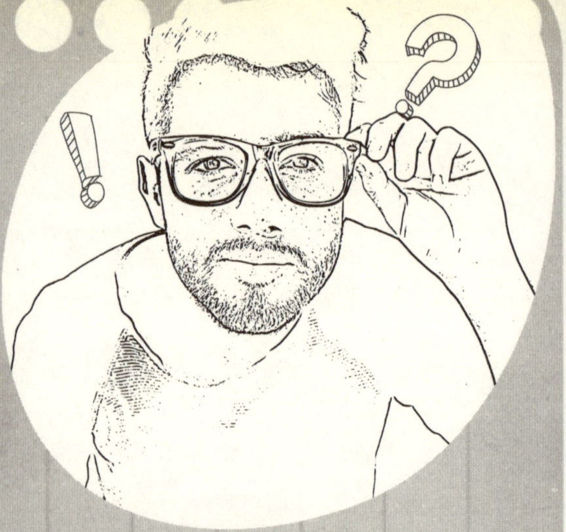

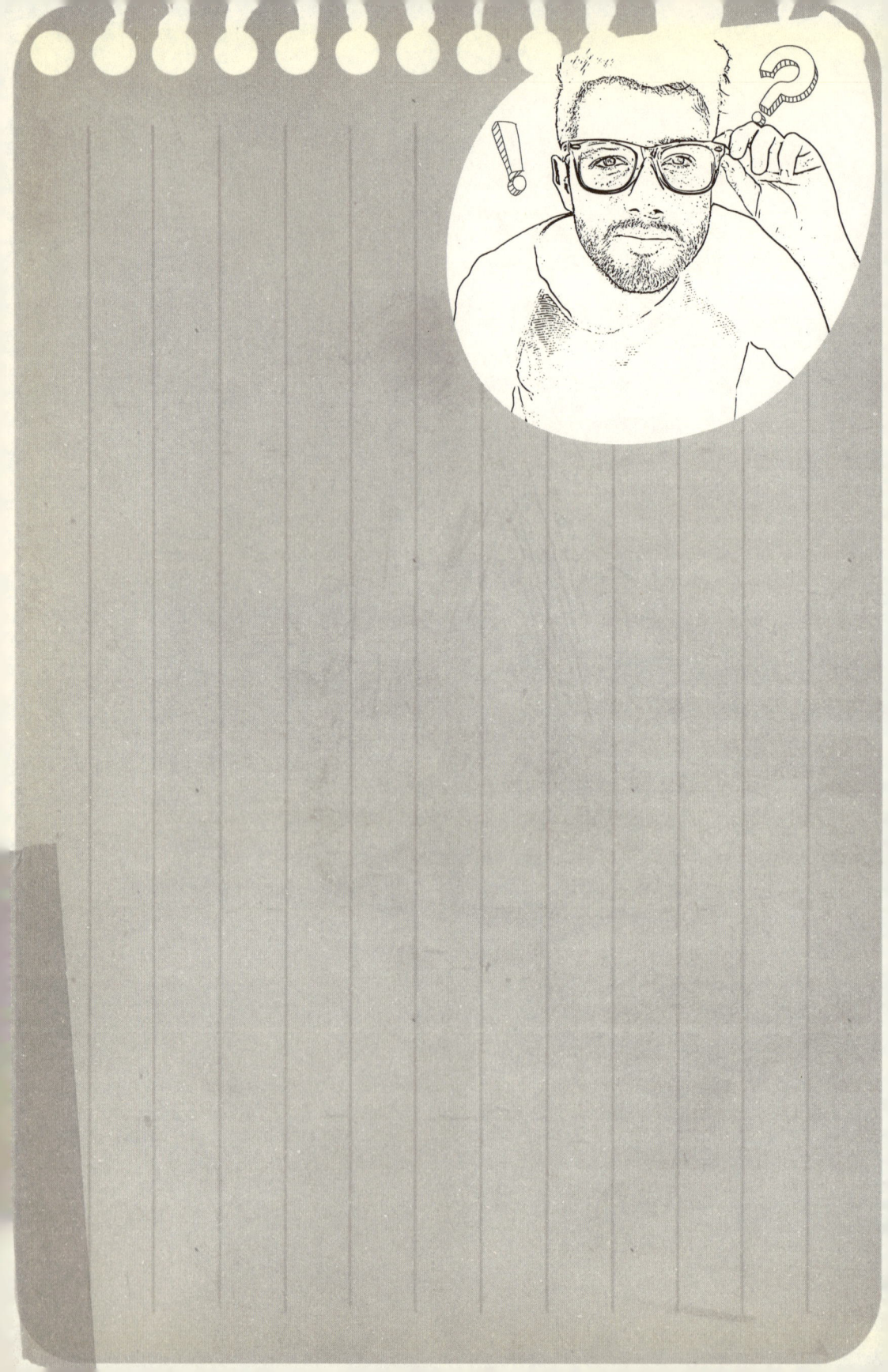

PESSOAS PERFEITAS EXISTEM?

OUTRO DIA EU CONHECI A JENNIFER LAWRENCE.

Foi legal. Supersimpática, espontânea, daquele jeito mesmo que a gente vê nas notícias, nas entrevistas. Cheia de caretas, cheia de graça... Não tinha como eu não me apaixonar, certo?

Conversa vai, conversa vem. Ela disse que gostava de mim, do meu jeito, e me pediu em casamento. Ok, né? Me pegou de surpresa, mas gosto de mulher de atitude. Aceitei, e alguns meses depois ela veio me dizer que eu seria papai... PAPAI! Seu Ricardo, dona Sandra, vocês serão vovôs! Festa entre as famílias, alegria, risos, e então conheci os pais dela. Eles me adoraram (disseram que eu sou muito mais querido que o Josh Hutcherson e o outro grandalhão lá, irmão do Thor). O tempo foi passando, e os gêmeos (sim, gêmeos) nasceram em uma maternidade aqui em Campinas. A Jenny (eu só chamo ela assim) fez questão de que os moleques nascessem aqui no Brasil, porque ela me amava e queria que nossos filhos fossem corintianos e tudo o mais.

E foi aí que eu acordei. Com raiva, mas acordei.

Claro, eu queria aquela vida perfeita pra mim. Não porque ela é famosa e rica, até porque não é isso que desperta o meu interesse por uma garota. É aquele sorriso aberto de quem não liga de gargalhar alto, os olhos, a química de nossas peles... Tá, a minha esposa hollywoodiana tinha tudo isso no sonho, o que faz com que eu me pergunte se a minha vida aqui fora, no mundo real, poderia ser perfeita. Aliás, mais do que isso:

EXISTE UMA PESSOA PERFEITA?

Vejo muitas meninas por aí procurando o cara ideal dentro de olhos azuis, no meio de barrigas tanquinho ou nos cabelos loiros de um bombadão qualquer. O Padrão Mundo de beleza, sabe? Pois é. Mas em algum momento elas pensam que o cara que tem a melhor das aparências e uma fachada perfeita pode não ser, por dentro, o ideal? Que carinho, atenção e cuidado com o próximo são muito mais importantes que essas coisas tão... externas?

Eu acho que dar valor às coisas simples da vida é o essencial. Logo, se torna o essencial para eu gostar de uma pessoa. Que seja como amiga, sabe? Eu sou um cara simples, por consequência gosto de pessoas simples.

ÓBVIO QUE NÃO HÁ NADA DE ERRADO EM SONHAR, CRIAR PLANOS E COISAS DO TIPO. MAS FAZER ISSO ESPERANDO QUE OUTRA PESSOA AJA DO MODO COMO VOCÊ IMAGINA QUE ELA DEVERIA... ISSO SIM É CRIAR PROBLEMA. AINDA MAIS QUANDO VOCÊ ACABOU DE CONHECER O CARA. AÍ ESTÁ UM PASSO ERRADO.

Diário de um ADOLESCENTE APAIXONADO

Ah, se você estiver torcendo o nariz porque eu falei mal do malhadão dos olhos azuis, não me leve a mal. Você pode ter o seu gosto, claro! Assim como tem gente que gosta de caras normais que gravam vídeos para o YouTube, certo?

Mas procure conhecer o papo do bonitão que você idealizou.

Como é a conversa dele?

Ele tem assunto?

Só gosta de se autoendeusar, ou também gosta de ouvir sobre você? De saber a respeito da sua vida?

Não? O quê, ele só fala de carros importados e de como ele gosta de fazer a série de abdominais na academia?

Ah. Papo legal, hein?

De que adiantou idealizar um deus grego se ele é mais vazio por dentro que pastel sem recheio?

A perfeição que você tanto procura pode não ser exatamente externa. Pode ser algo mais simples, e pode estar mais próxima do que você poderia imaginar.

O cara que no meio da madrugada te manda uma mensagem que aquece seu coração está pensando em você, e não no carro importado.

O cara que está do seu lado quando você chora, quando você ri, e que tem mais tempo disponível para você do que para a academia.

Ah, lembrou de alguém? Conta pra mim, ele é perfeito?

Claro que não. Ninguém é. Mas talvez você possa criar uma perfeição particular, algo só seu. E, com um pouco de sorte, você nem vai precisar passar por jogos vorazes para notar o óbvio.

Ah, Jenny... Você é um mulherão, mesmo. Mas, pensando bem, nós nunca daríamos certo. Os horários das gravações, os flashes, os paparazzi... Eu sou aquele cara simples que gosta de dormir tarde e acordar mais tarde ainda, que gosta do silêncio do bairro no final da tarde.

Foi bom enquanto durou, mas ainda podemos ser amigos, ok? Nós vamos superar. Grato pela compreensão, e talvez nós nos encontremos aí pelo YouTube.

E, se eu sonhar com alguém que algum dia desses possa ter despertado a minha atenção por toda a simplicidade e sinceridade, espero que você não fique com ciúme.

> EXISTE UMA PESSOA PERFEITA?
> DE QUE ADIANTOU IDEALIZAR UM DEUS GREGO SE ELE É MAIS VAZIO POR DENTRO QUE PASTEL SEM RECHEIO?
> O CARA QUE NO MEIO DA MADRUGADA TE MANDA UMA MENSAGEM QUE AQUECE SEU CORAÇÃO ESTÁ PENSANDO EM VOCÊ, E NÃO NO CARRO IMPORTADO.

EU NAMORO, MAS TÔ SOLTEIRO

Existe uma velha ideia de que homem é igual cachorro, que pode sair por aí pegando a mulher que quiser, mesmo estando namorando. Isso é tão forte que até algumas mulheres acreditam nisso e acham que homem pode tudo mesmo.

Sabe o que eu acho disso?

Canalhice.

Não faz sentido você estar com alguém e ao mesmo tempo ficar de olho em outra pessoa. Independente de como o namoro anda. Em primeiro lugar, se você namora, não dê trela cobiçando outra mina. Uma olhadinha não tem nada demais, até as mulheres olham a bunda de um homem bonito, mesmo que elas namorem. Mas dar ideia é muito errado. Você vai iludir sua namorada, a menina que não tinha nada a ver com isso... e você mesmo.

OU SEJA, NO FIM, A DOR DE CABEÇA VAI SOBRAR PRA VOCÊ.

E não interessa se você dá a desculpa de que foi criado assim, que na sua casa você podia tudo.

Problema seu.

Quando você se relaciona com alguém, precisa aprender a respeitar os princípios dos outros. Se a mina não curte, sinto muito. Ou você diz pra ela que não quer namorar porque tem problemas de fidelidade ou muda de vez e para de ficar marcando território como um cachorrinho por aí.

Mas, se a mina concorda com isso, o problema é outro. Só não venha com hipocrisia caso ela decida fazer o mesmo com você e comece a dar bola pra todos os caras em quem ela se interessar. ÀS VEZES O QUE VAI VOLTA, AÍ VOCÊ TEM QUE CONVOCAR O MACHÃO CHAUVINISTA QUE EXISTE DENTRO DE VOCÊ E SEGURAR O CHORORÔ.

Existem relacionamentos e relacionamentos, e quem sou eu pra julgar alguma coisa? Só que, na minha opinião, não faz sentido você estar com alguém se quer ficar arrastando a asinha por aí. É muito melhor você ser honesto consigo e com quem você está e querer estar do lado dessa pessoa.

Também sei que muitas vezes a insegurança bate. Normal. O namoro não está bem, e passa de tudo pela cabeça. Mas trair e emendar um relacionamento no outro não é legal. Pode ser chato ficar sozinho depois de terminar um namoro, mas é bom pra

> COLOQUE SUA FELICIDADE EM PRIMEIRO LUGAR EM QUALQUER RELACIONAMENTO QUE VOCÊ COMEÇAR. SE OS DOIS FIZEREM ISSO AO ENTRAR NO RELACIONAMENTO, OS DOIS SERÃO FELIZES POR MUITO, MUITO TEMPO.

colocar as ideias no lugar. Aí, se você resolver começar algo novo com alguém, é por gostar desta pessoa, e não por apenas querer substituir a antiga.

Pode ser que você tenha conhecido A PESSOA CERTA, aquela com quem você quer viver pro resto da vida, enquanto ainda está namorando. Ou você pode quebrar a cara. Por isso não gosto da ideia de emendar. Se quer arriscar, assuma as consequências e termine uma coisa antes de tentar outra.

Homem que é homem aguenta o tranco e responde pelos próprios atos, assim como mulher que é mulher faz o mesmo.

E este capítulo terminou sério demais. É que, quando o assunto envolve o coração, é melhor não brincar muito.

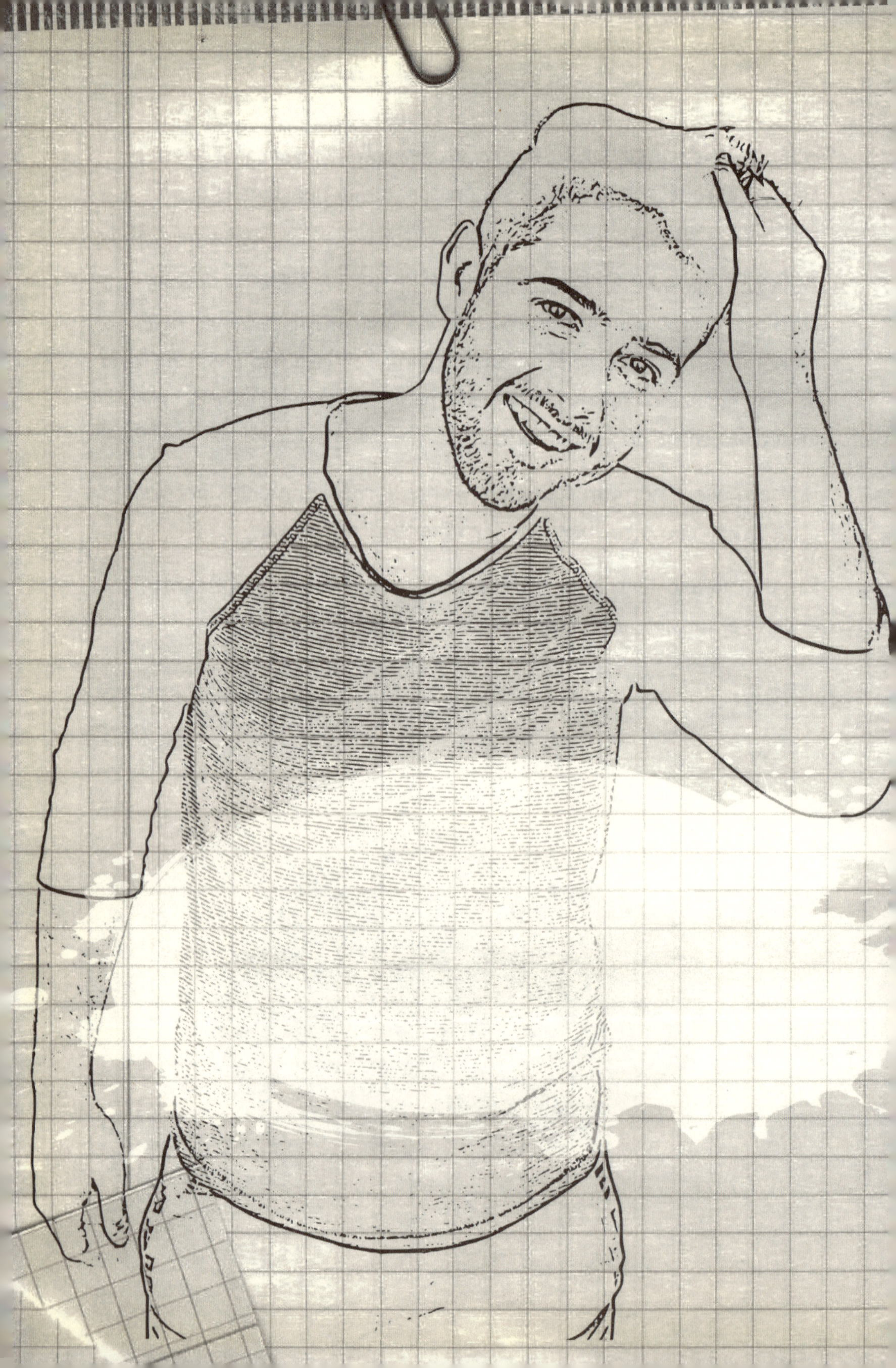

AMIGO É...

Amigo é aquele cara que, quando você entra na casa dele, seu wi-fi já conecta automaticamente — e que quando chega na sua casa também já tem o celular dele conectado.

É aquele que, só de sacanagem, ajuda sua família a lavar a louça depois do almoço, só pra mostrar pra sua mãe como ele é o filho ideal — mesmo que ele nunca nem leve o lixo pra fora na casa dele.

É aquele que fala o que você precisa ouvir — e não o que você quer ouvir.

É aquele que avisa se a garota ou garoto de quem você gosta está navegando por outros mares, sabe? Pra você não perder tempo sofrendo por quem não te quer. É COMO EU SEMPRE DIGO: O QUE OS OLHOS NAO VEEM OS AMIGOS PRINTAM E MANDAM.

É aquele que compra comida pra você. Comprar comida é um ato de amor pelo próximo! Principalmente no intervalo da escola, quando a cantina fica abarrotada e a tiazinha fica louca da vida tentando dar o troco certo pra todo mundo.

Amigo é o que te alopra quando você perde uma partida no Dota, mas que é o primeiro a te defender na partida seguinte. (Não sabe o que é o Dota? COMO ASSIM?! Tudo bem, eu também não. Eu ainda estou aprendendo a jogar.)

É aquele que vai com você pra igreja mesmo não sendo da sua religião — e que faz você assistir trinta vezes aquele filme chato que ele tanto ama.

Amigo é aquele que escuta os seus desabafos e suas frustrações românticas. Aquele que te aguenta quando você está apaixonado!

Amigo é pai, é mãe, é irmão — porque eles são sempre os primeiros amigos que você ganha na vida.

Amigo é o Christian, que sempre está perto. É a Karla, que está longe. É você, que está lendo.

E também é aquele que você precisa escutar quando está frustrado e precisa desabafar.

É aquela pessoa que te irrita, mas de quem você sabe que não vale a pena guardar nenhuma mágoa ou rancor, porque ele só quer o seu bem — por mais que atenda as suas ligações com singelos "Fala, seu trouxa! Beleza, seu otário?".

Amigo é coisa pra se guardar. A música diz que o lugar certo é do lado esquerdo do peito... Mas eu digo que é para o resto de nossas vidas.

SEMPRE QUE VOCÊ OLHAR PARA OS LADOS, PARA O ACOSTAMENTO OU PARA O OUTRO LADO DA ESTRADA, VAI NOTAR QUE ALGUÉM ESTARÁ VOLTANDO. QUE ALGUÉM ESTARÁ BUSCANDO UM NOVO CAMINHO. E QUE MAIS ALGUÉM ESTARÁ PERDIDO... MAS NÃO DESANIME. NÃO SE PERCA!

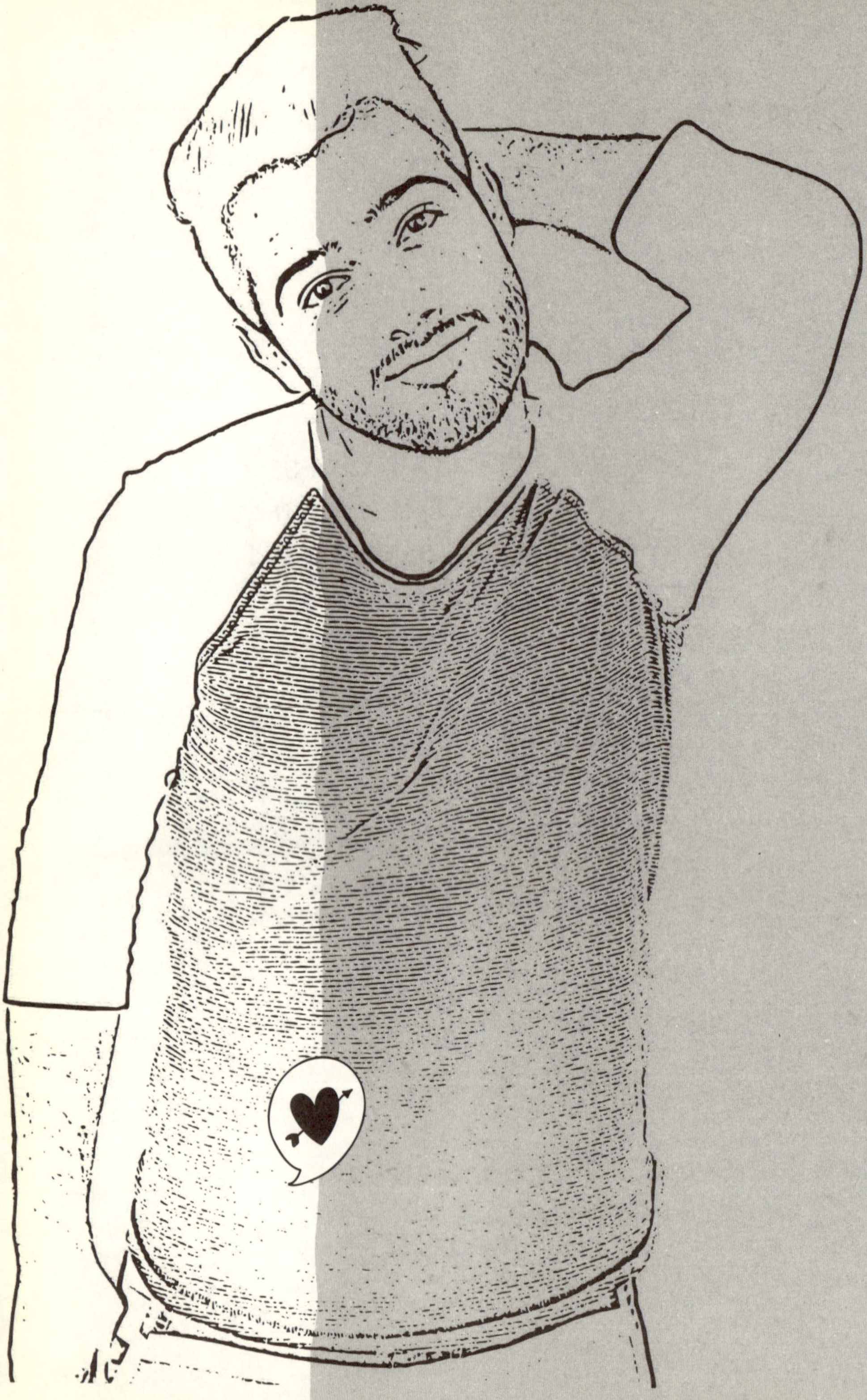

ACABOU?

Tudo acaba nesta vida.

O sorvete delicioso que você ficou meia hora na fila pra pagar (esse acaba rápido), as férias tão esperadas e tão demoradas pra chegar, aquela aula chata que parece não ter fim...

Tudo terá seu fim, uma hora ou outra.

Mas estou aqui pra falar de outro fim — também muito triste.

Aquele de quando o amor acaba.

Todo mundo sonha com aquele romance eterno, perfeito, sem mancha nenhuma e que não precisa de reparos. Mas a verdade, minhas amigas e meus amigos, é que esse romance não existe. E, mesmo se você estiver dentro de um relacionamento lindo e maravilhoso, de alguma forma ele pode acabar.

Como já dizia o poeta Vinicius de Moraes,

QUE SEJA INFINITO ENQUANTO DURE.

Uma coisa que parece acontecer muito ultimamente são aqueles relacionamentos que começaram ontem e já terminaram ontem mesmo. E nesse curto espaço de tempo parece que é tudo perfeito. Atualizações felizes no Facebook, mensagens animadas no Whatsapp...

Mas, tão rápido quanto o fogo em um fósforo, o calor acaba.

O mais engraçado são aqueles que postam "enfim, solteiro". Não faz o menor sentido começar algo se você já está esperando o fim. E, se era tão ruim assim, por que começar algo, de qualquer maneira?

E aí você terá um ex pra arrastar pelo resto de seus dias. Não que ter um ex seja ruim. Eu acredito que muitas vezes dá até para virar amigo — e isso é bem legal. Mas tem uns que dão até vergonha e bate um arrependimento depois, diz aí?

Então acho melhor pensar direito antes de começar a namorar qualquer um.

É BOM CONHECER BEM A PESSOA ANTES DE DIZER QUE ESTÁ NAMORANDO E TAL. POUPA UM TANTO DE DOR DE CABEÇA LÁ PRA FRENTE.

Só que nem todo relacionamento que acaba teve seu fim por ser ruim. Muitas vezes as circunstâncias da vida nos distanciam. E eu bem sei como é difícil manter um namoro a distância. A gente tenta sempre estar presente, falar o máximo que dá por dia, mas não é a mesma coisa que estar fisicamente ao lado do outro. Para alguns funciona, mas são bem poucos os sortudos.

Outra coisa que pode fazer acabar um doce relacionamento é a falta de maturidade, e acho que todos nós já sofremos — ou estamos sofrendo — desse mal.

Esse é o tipo de coisa que se ganha com o tempo, e não adianta tentar acelerar o processo. Muitas vezes só aprendemos sofrendo na pele, por mais que vejamos um monte de pessoas passando por isso.

Parece que é reflexo de todo mundo dizer "eu te amo", de maneira muito fácil. Como se fosse um espirro. As garotas acabam falando muito cedo isso pros caras e os caras acabam respondendo o mesmo só pra conseguir o que eles querem.

Não dê valor a um "eu te amo" qualquer, dê valor às atitudes que demonstrem isso.

E, claro, não se esqueça do mais importante:

SE VOCÊ TEM PRINCÍPIOS, NÃO OS ABANDONE.

VOCÊ MERECE SER FELIZ O TEMPO TODO.

ÀS VEZES É MUITO DIFÍCIL SORRIR QUANDO NA VERDADE O QUE VOCÊ MAIS QUER É CHORAR. DESMORONAR. MAS ACABAMOS PASSANDO POR AMIGOS E DIZENDO UM SIMPLES "OI", QUANDO POR DENTRO O QUE VOCÊ MAIS PRECISA É DE UM ABRAÇO.

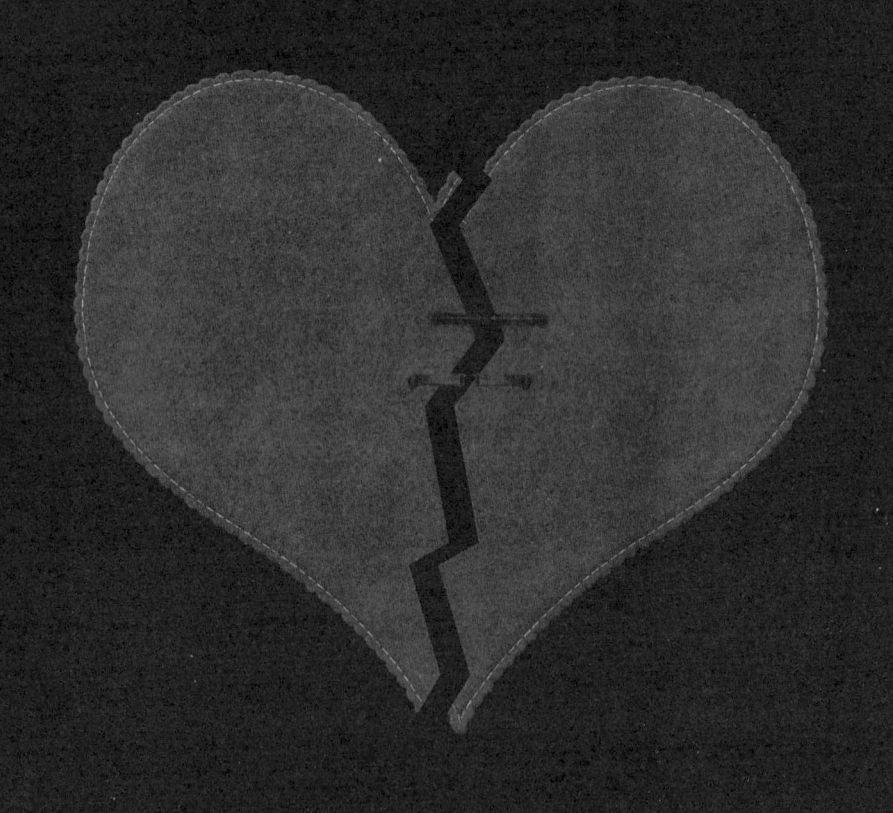

MULHER DE TPM

Esse é um assunto delicado, em muitos sentidos. E polêmico, muito polêmico.

A verdade é que todo homem precisa saber lidar com esse período do mês da mulher, não interessa se pra ter um bom relacionamento com a namorada, a mãe ou as amigas. Porque, enfim, nós somos iguais... mas ao mesmo tempo diferentes, sabe? E essa diferença, digamos, biológica é o que acaba criando boa parte das tretas entre homens e mulheres.

Caso esteja se perguntando, leitor do sexo masculino, você não precisará se preocupar se já for um bom menino durante todo o mês. Só vai precisar intensificar o cuidado enquanto durar a tão temida fase.

MAS, se você não tem sido um garoto dedicado, aqui vão algumas dicas para você tentar passar ileso por essa onda hormonal.

É importante lembrar que você também tem suas fases de mau humor, ou de maior irritação. A diferença é que isso acontece uma vez por mês com elas. Você até pode discordar, dizer que os motivos parecem bobos, irracionais, e que está sendo injustiçado. Mas veja: junto com tudo isso ainda vêm as cólicas. Você já sentiu cólica?

O TEMPO TODO, POR VÁRIOS DIAS?

Deve ser um período, no mínimo, incômodo.

Então, meu amigo: PACIÊNCIA.

Fora isso, parece que elas ficam um pouco inchadas. Talvez inchadas não seja o melhor termo, mas o que eu sei é que elas retêm um pouco de água. Não é reter água de ficar com vontade de fazer xixi (o que já é suficiente pra deixar qualquer um irritado), mas reter água no corpo. Tipo, nas carnes. O que dá a sensação de que elas estão mais cheinhas, e você sabe qual é a opinião delas sobre isso.

A parte boa é que isso tem um fim, e a paz reina novamente.

Mas aguarde, que ela logo volta, pelo menos umas doze vezes ao ano. Não é tão ruim: em um mês, com quatro semanas, você vai passar por isso só por uma semana. Fazendo a conta, três meses no ano. Ainda bem que vem parcelado. Ou será que seria melhor tudo de uma vez?

Ninguém tem um manual de como evitar a TPM. É algo que está presente na vida de todos nós, homens, e, se não é com a sua namorada, é com a sua mãe. Se não é com a sua mãe, é com a sua professora, com a sua amiga...

MAS LEVE ISSO COMO UM TESTE. NÃO SE IRRITE QUANDO ELAS ESTIVEREM NA TPM.

Eu estou aprendendo a lidar com isso também, porque isso é saber conviver com as diferenças do próximo. Mas acho que todo homem deveria receber um diploma de graduação, de mestrado, doutorado, algo que você possa acrescentar no currículo. E, com esse mesmo raciocínio, toda mulher deveria ganhar uma quantia milionária ao fim do período. Justo!

Seja carinhoso com a sua namorada, surpreenda-a com mensagens inesperadas, flores, chocolates. Diga que ela está linda e que você a ama — e fuja daquela pergunta "Eu estou gorda?". Ela nem está, mas nessas horas vai sempre achar que sim.

Por outro lado, pior do que a TPM é não ter quem você gosta por perto. Por isso trate bem a sua namorada quando ela estiver naqueles dias — e quando não estiver também. Nem preciso reforçar isso, certo?

É tudo uma questão de saber lidar com as diferenças e apostar no futuro. Com certeza ela saberá agradecer e perceber como você foi um cara legal quando ela precisou. Aí, em um dia que tiver sido uma merda, ela vai estar lá pra te apoiar também e retribuir toda a atenção que você deu quando ela precisou.

AS COISAS PASSAM.

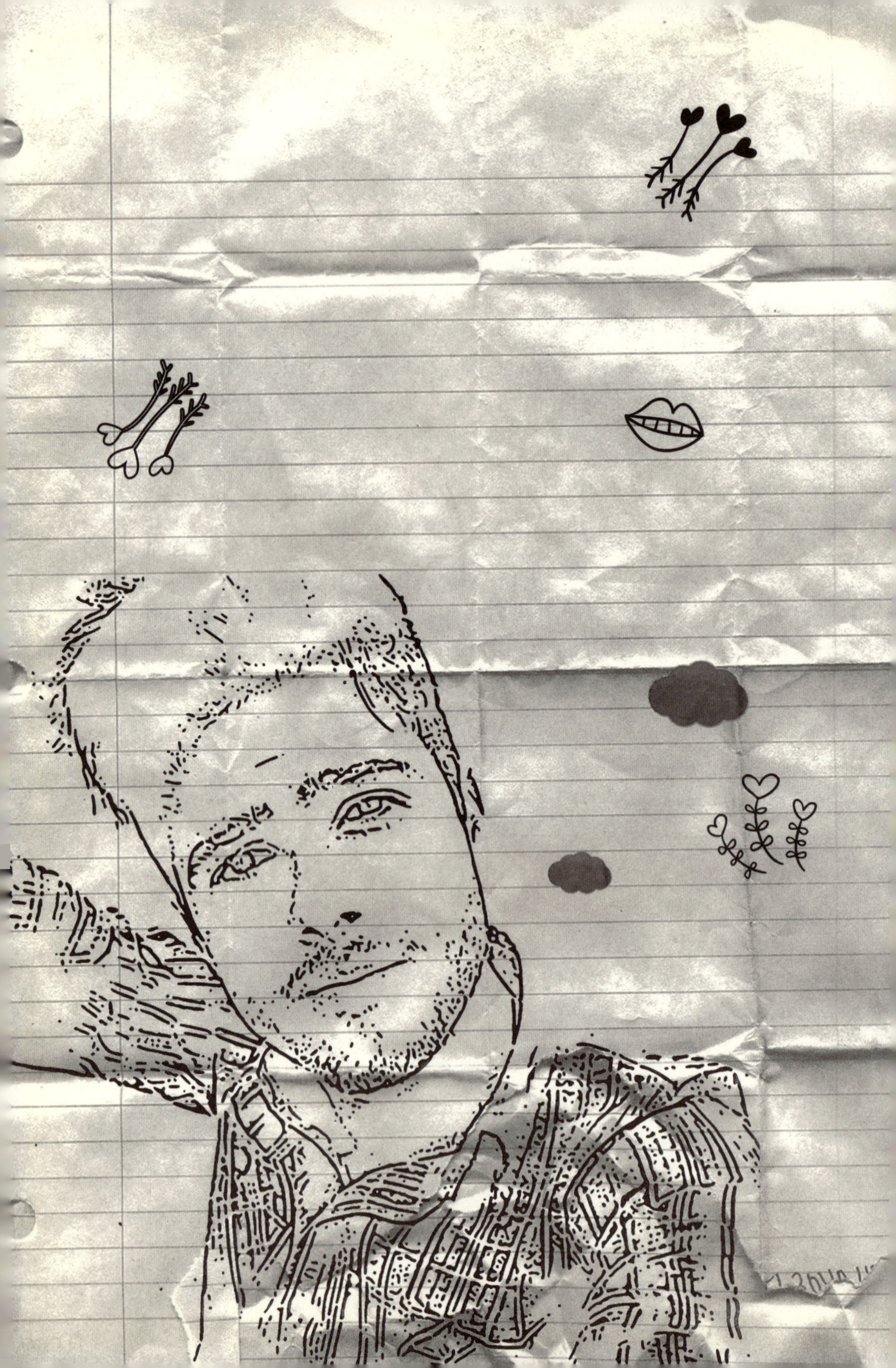

ORGULHO

Uma vez eu estava conversando com um amigo e ficamos debatendo se o fato de sermos orgulhosos era algo bom ou ruim.

Bom, vamos lá. Às vezes somos orgulhosos do que conquistamos, do que fizemos com perseverança e teimosia. Aliás, teimosia também pode ser algo tanto bom quanto ruim. Sempre tem a hora de parar de insistir em alguma ideia ruim e buscar novas alternativas. Isso vale para quem tem relacionamentos que nunca dão certo, que se separa e reata o tempo inteiro e nunca segue na normalidade...

(AI. CARAPUÇA SERVIU AQUI, JÁ TIVE UM RELACIONAMENTO DESSES.)

... MAAAS tem hora que a teimosia te deixa mais estúpido. E o orgulho pode te fazer uma pessoa teimosa. E a teimosia pode vir do seu orgulho. E aí fechamos o ciclo, olha só.

Sendo assim, vamos falar do orgulho ruim. Rimou!

ORGULHO. O QUE É? ONDE VIVE? COMO NASCE? HOJE, NO MOREIRA REPÓRTER!

O orgulho ruim pode criar uma barreira entre você e alguém. A pessoa de quem você gosta, para quem você precisa pedir desculpas...

Eu não estou dando uma de santo, não. De pessoa elevada desprovida de orgulho. Na real, eu sou uma pessoa orgulhosa, e já perdi as contas de quantas amizades e possíveis amores eu perdi por causa disso. Já rolaram inúmeras ocasiões em que eu estava errado, em que eu enxergava o meu vacilo, em que eu percebia que deveria parar. Mesmo assim, eu não dava o braço a torcer.

E, se uma pessoa orgulhosa é ruim, imagine duas.

Se o casal tem em comum esse mesmo tipo de comportamento besta, pode ter certeza que até uma briga de pequenas proporções poderá gerar problemas imensos. Uma barreira gigantesca na comunicação entre as duas criaturas teimosas. Aliás, barreira, não: muralha! Daquelas que dá pra ver da Lua.

Nessa muralha, cada um fica de um lado. Se evitando, perdendo o tempo em que poderiam estar sendo felizes.

> UMA HORA SEUS PENSAMENTOS VÃO AMADURECER. SUAS VONTADES VÃO MUDAR, E NÃO ADIANTA ACHAR QUE ISSO ACONTECE COM TODO MUNDO EXCETO VOCÊ.

E tem o orgulho que constrói a muralha ao redor de você mesmo, e mais ninguém.

Vou dar o exemplo de um rapaz chamado, sei lá, vou inventar um nome aqui... Rafael! Não sou eu, tem muito Rafael neste mundo, certo? Tem até uma Tartaruga Ninja com meu nome. Enfim, esse tal de Rafael (que não sou eu, repito) evitou ir em uma festa que ele estava esperando há semanas só porque algumas pessoas de quem eu... digo, de quem ele não gostava estariam por lá. OU SEJA, me ferrei por causa de mim mesmo. É, esse cara sou eu, que se dane. Todo mundo já percebeu mesmo...

Então, meus amiguinhos e amiguinhas, não percam esse tempo precioso de vida esperando que corram atrás de vocês. Se a pessoa te faz falta, vá atrás!

Ela está errada na história? Vá atrás!

É melhor do que se arrepender lá na frente, se lamuriando por nenhum dos dois ter abandonado o orgulho.

A vida não vai te trazer tudo em uma bandeja, mas também não vai te forçar a ir sempre até o balcão para retirar sua refeição. As coisas mudam de acordo com as necessidades, com o clima, com a situação. E com orgulho você não chega a lugar algum.

A não ser que queira chegar na fossa e passar um fim de semana por lá.

Agora deixe o Rafa aqui orgulhoso e pare de ser tão bobo.

> Deixe de construir muralhas e construa pontes.

MAS PARECE QUE A GENTE GOSTA DO MAIS DIFÍCIL, DE QUEM NÃO GOSTA DA GENTE.

NÃO SE ILUDA

Imagine a cena:

Você se arruma toda com suas amigas e vai pra uma festa. Lá acaba conhecendo um cara bonitão, e vocês ficam. O cara parece legal, e você já cria uma expectativa sobre quando vão se ver de novo. Nisso, você passa seu Whatsapp e contato no Face. Vocês se despedem, e desde então você já fica esperando ele dar sinal de vida. O que não acontece.

ONDE ESTÁ O ERRO NA CENA ANTERIOR?

Bom, conhecer um cara "gatchenho" numa festa é bem possível, assim como o fato de vocês ficarem e de o cara ser gente boa também — então, por que não passar o telefone pra ele, não é mesmo? Assim como você ter vontade de encontrar ele de novo, nada de mais. O fato de vocês se despedirem está ok, afinal, vocês precisam ir cada um pra sua casa, certo? Tá, você passou seu número, então ele deveria ligar... Mas vai que aconteceu um imprevisto sério e ele não conseguiu arranjar tempo pra falar com você.

Enfim, parece que está tudo certo...

Mas é uma palavrinha ali, perdida no meio do parágrafo, que pode fazer tudo ruir:

"EXPECTATIVA"

Rafael Moreira

Imaginar o que vai acontecer no futuro, esperando que isso se torne realidade, é o grande erro aqui. Óbvio que não há nada de errado em sonhar, criar planos e coisas do tipo. Mas fazer isso esperando que outra pessoa aja do modo como você imagina que ela deveria... isso sim é criar problema. Ainda mais quando você acabou de conhecer o cara. Aí está um passo errado.

Se desde o início você fica com essa expectativa, sem nem conhecer o cara direito, essa realidade que você pensou ser possível nunca vai acontecer. COMO A SENHORITA VAI ESPERAR ALGUMA COISA DELE? E, MESMO CONHECENDO, COMO ACHA POSSÍVEL QUE ELE FAÇA EXATAMENTE O QUE VOCÊ IMAGINOU?

Talvez um dos grandes erros para quem quer iniciar um relacionamento seja ir pra balada atrás de um namorado. Se você saiu de casa assim, com esse intuito... minha filha, vai se dar mal. Não só porque os caras não saem pra festa procurando uma namorada, mas porque você está com a intenção errada no momento errado. Não que um cara com quem você ficou na balada não vire namorado, mas você precisa conhecer o sujeito antes. E a festa é só um primeiro passo, não uma garantia de felicidade eterna. Garantia de diversão, talvez.

Então, da próxima vez, saia mais tranquila, disposta a conhecer gente nova. E não pra caçar seu príncipe encantado ou pra esquecer o sapatinho de cristal na escadaria do baile.

Ah, sim: mesmo que você e esse cara da festa continuem saindo, não crie expectativa em cima dos próximos passos. Deixe rolar. Faça planos, se conheçam melhor, mas não projete nele uma imagem que ele não vai conseguir tornar realidade.

Diário de um ADOLESCENTE APAIXONADO

A menos que o cara faça equitação, não coloque ele em cima de um cavalo branco, com uma roupa pomposa e sorriso brilhante.

Assim que vocês estiverem um do lado do outro por um bom tempo, você saberá como agir com ele e saberá o que esperar.

> VALORIZE QUEM TE VALORIZA E NÃO DÊ CORDA PRA QUEM TE IGNORA. TODO MUNDO GOSTA DE RECEBER UM AGRADO, MAS, SE VOCÊ NÃO SOUBER RECEBER OS ELOGIOS E O CARINHO, ESSA PESSOA PODE CANSAR E DESISTIR.

É por isso que eu acho que, se você quer criar alguma coisa, não crie expectativas. Crie galinhas.

Se tudo der errado, pelo menos você terá ovos.

(Vai, a piada foi engraçada.)

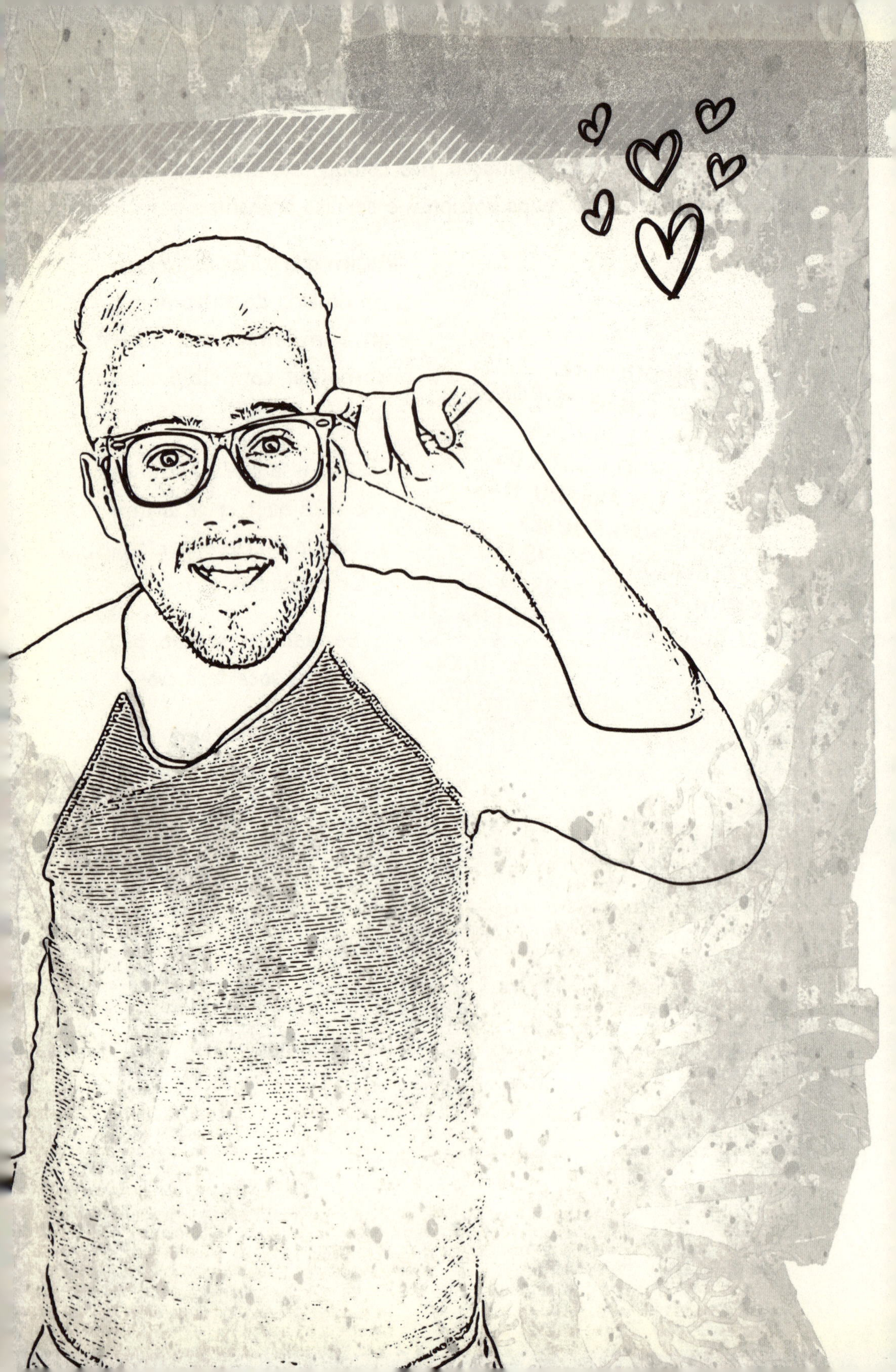

LIDANDO COM PERDAS

Existem aquelas dores que você não desejaria nem a seu pior inimigo. Na verdade, se você tem um inimigo, eu já aconselho que você reflita muito bem sobre o seu modo de vida... Afinal, essa é uma palavra bem pesada. Pesada até para aquela pessoa que não quer tanto o seu bem. Inimigo. O som da palavra já é bem negativo.

Mas não é sobre isso que eu gostaria de falar agora. Eu queria conversar sobre um dos sentimentos mais tristes que podemos ter em vida: a sensação de perder alguém.

A perda de algo é terrível. A criança que esquece seu brinquedo no parquinho sabe. O adulto que tem seu carro roubado ou que perde seu emprego... também.

Mas a perda de alguém... é maior ainda.

Algo muito mais complexo. Normalmente, essas situações não nos permitem explicações, não se permitem ser previstas. Eu, que já experimentei essa provação por algumas vezes, me pergunto se alguém nunca passou por isso um dia...

Existem milhares de formas de isso acontecer. Perda de entes queridos. Separações. Viagens que criam uma barreira intransponível entre você e a pessoa amada. Um bichinho de estimação...

Como vamos esquecer de alguém que um dia nos fez bem? No meu caso, até hoje fico imaginando o gosto da comida da minha vó. Almoçar o arroz e feijão dela podia parecer algo rotineiro, como se em todo final de semana ensolarado, daqui até o dia do fim do mundo, a vó Ana Maria estivesse ali, disposta a alimentar o seu neto amado.

PERDAS FAZEM PARTE DO NOSSO DIA A DIA.

Mas as coisas passam.

A perda de alguém é a perda de uma parte sua, de uma rotina que constituiu grande parte do que você é atualmente. Por outro lado, com a perda ganhamos uma nova visão sobre o que está ao nosso redor. Se isso será bom ou ruim, só depende de você.

Não tem como esquecer as coisas simples que um dia marcaram sua vida. Eu não esqueço das minhas. Talvez hoje, com a sensação de alguma perda recente rodeando sua cabeça, você olhe para trás e lembre dos momentos bons. Talvez você chore — e isso é normal —, mas não deixe esse pranto tomar conta de você a um ponto em que, toda vez que lembre, você desmorone.

Eu já perdi as contas de quantas vezes me peguei chorando na madrugada, e foi em uma delas que eu aprendi a sorrir depois de uma perda. Sabe... No mundo, várias pessoas podem estar passando o mesmo que você. Você e elas possuem duas escolhas.

A primeira é deixar que essa perda te limite, te prenda.

E a segunda é você seguir a vida.

Descarte toda possibilidade de escolher a primeira alternativa. Aprenda com essa perda e se torne mais forte. Crie anticorpos. Porque essa sensação irá retornar em algum dia mais à frente... Esse é o ciclo da vida. Tudo gira, tudo termina, tudo se recicla. É como aquela lixeira verde com o desenho de setas formando um triângulo.

Enfim, se você perdeu, CHORE, grite, libere o que está entalado na garganta. Você já sofreu o bastante para perder sua sanidade colocando caraminholas na sua cabeça. Siga a sua vida! Isso é o mais importante que eu tenho a lhe dizer.

Não pare.

A saudade vai ficar, mas tire dela as lembranças boas. Aquelas que você se lembra e solta aquele sorrisinho de canto da boca, sabe? Isso, esse mesmo que você está dando agora.

Rafael Moreira

Que atire a primeira pedra quem nunca se perdeu diante de uma perda. Uma frase que é quase um trava-línguas. Uma frase que é como a vida: parece complicada, mas tem lá a sua graça...

... MAS SÓ SE VOCÊ SE PERMITIR SORRIR.

CONTANDO GOTAS

Faz um tempo aí que eu estava conversando com o pai da Karla (minha melhor amiga) sobre um assunto que está sendo bastante comentado nos últimos tempos: esse lance da falta de água.

Na ocasião, ainda era verão e até estava chovendo, por isso achei muito engraçado ele estar estocando água em casa. Pra mim, essa coisa de faltar água era algo que rolaria daqui a alguns anos ainda. Sei lá, talvez décadas. Nunca passou pela minha cabeça que a seca aconteceria só alguns meses depois.

É tipo o apocalipse zumbi. A gente nunca espera que vá acontecer, mas é sempre bom ficar esperto ao dobrar a esquina. Tipo o Daryl do *The Walking Dead*, que tá sempre ligadão e pronto para meter uma flecha no olho de algum morto-vivo espertinho.

Ok, ok. Voltando à realidade menos (será?) perigosa: o que era mais engraçado lá com o pai da Karla eram todas aquelas garrafas empilhadas na garagem. Achei que ele estava louco, doidão. Afinal, pensem comigo: como, em um país como o Brasil, famoso pelo calor, pelo futebol, pela feijoada e pelo rio Amazonas, a água ia acabar?

Pois é, mas esse dia chegou. Pelo menos aqui no estado de São Paulo. Tem dia que cortam o abastecimento de manhã e a água só volta de noite.

Rafael Moreira

Já ouvi gente falando que vai ter guerra no mundo por água. Já pensou na situação? Você tá lá no deserto, quietinho em cima de uma duna, totalmente camuflado. Através do binóculo você vê um comboio transportando água, escoltado por mercenários perigosos e assassinos. Você e sua gangue pegam os rifles e se preparam pro ataque pra roubar aquele precioso líquido. Aí começa o tiroteio, gritos e muita areia na boca.

Divertido, não?

Brincadeiras à parte, não ia ser tão legal viver uma cena de cinema dessa. Como todo mundo, eu gosto de pegar uma piscininha, tomar aquele banho e comer em pratos limpos (embora não goste tanto assim de lavar louça).

O tempo seco nos dá um céu lindo, limpo, de um azul absurdo, mas também deixa saudade da chuva, daquela tarde nublada que não dá vontade de sair debaixo das cobertas.

Só que o oposto também não é legal.

Dizem por aí que, se esquentar demais, as calotas polares derretem. O nível de água aumenta nos oceanos eeee... tudo vira água. E o pior: não dá pra beber, porque é salgada e tal, aí, se você resolver dar um gole, pode morrer seco por dentro. É tipo "se correr o bicho pega, se ficar o bicho come". Ou o bicho bebe, no caso. É, não tá fácil.

Aí você pensa que política não tem nada a ver com você. Mas tem sim, muito dos problemas da torneira seca é coisa de decisão dos engravatados, que somos nós que colocamos lá.

Porém, precisamos fazer nossa parte também.

Aquele banho pode ser mais curto. Afinal, inventaram o perfume pra quê? Zoeira, zoeira... Mas dá pra filosofar menos no chuveiro. Menos The Voice no box e mais ação.

Lavar a calçada e insistir em varrer aquela folhinha chata com a mangueira também é desnecessário. Quando vejo isso só penso nos benefícios atléticos que a velha vassoura traz. E, cara, agora que estou pensando, meus problemas com a louça suja acabaram. Tenho um lavador de louças em casa. É só dar os pratos com restos pro meu cachorro lamber, assim alimento ele e passo menos tempo na pia esfregando a macarronada que ficou seca. COMO NÃO PENSEI NISSO ANTES?

E aqui aproveito pra pedir desculpas pro pai da Karla, porque o louco fui eu, que não vi o potencial da riqueza que ele estava estocando. Quem sabe não é hora de eu fazer o mesmo? Acho que esse lance é um megainvestimento pro futuro. COM O FUTURO QUE VEJO PELA FRENTE, ÁGUA VAI SER OURO.

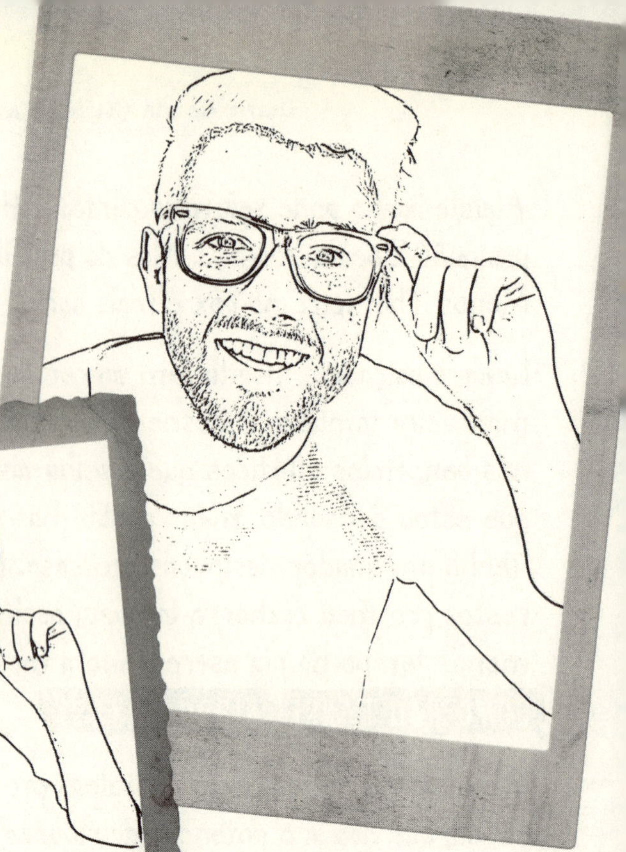
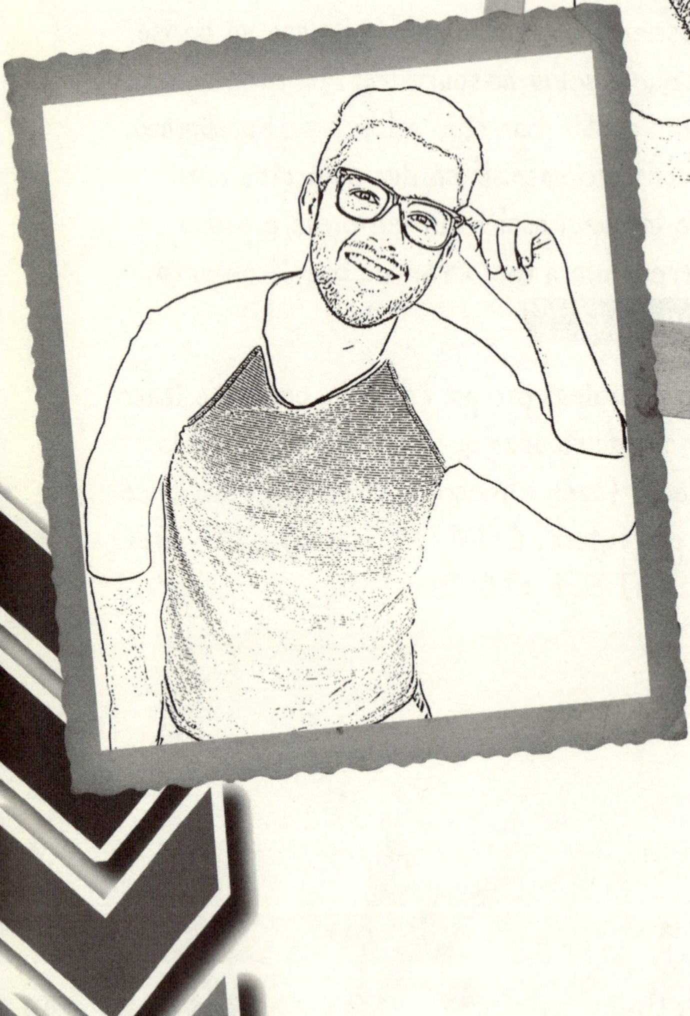

FORMA ERRADA

Vou contar um segredo: eu já fui gordinho.

Tá, não era tão segredo assim. Mas você me vê nos vídeos e, modéstia à parte, deve pensar que sempre fui assim. Mas não, a vida nem sempre me deu a forma que tenho hoje.

Eu já fui cheinho e sei muito bem como é ser discriminado e alvo de brincadeiras e provocações. É algo horrível e não desejo a ninguém.

Mas veja bem, não é que eu deseje que ninguém esteja acima do peso; o que eu não desejo é que alguém sofra com o preconceito e a imaturidade das pessoas. Estar acima do peso não tem nada de mais. Tudo bem ser você mesmo, estar feliz com o seu corpo do jeito que ele está. É o direito de qualquer um. O "estar em forma" é só um padrão que criaram, do que seria saudável. Mas seu peso, sua forma física não está necessariamente ligada à sua saúde.

Ser gordinho não é uma doença, um problema.

Agora, ser preconceituoso é.

Rafael Moreira

Fazer alguém sofrer só por conta da aparência, da forma física, é uma coisa que apenas um sujeito doente e babaca faz. Porque, convenhamos, o corpo é essa coisa estranha. Nem sempre conseguimos controlar o nosso crescimento, o quanto pesamos ou o quanto gostaríamos de pesar. Principalmente na fase de crescimento, que é aquela loucura com o corpo, a voz, a cabeça...

Bom, na época do meu excesso de fofura, eu sofria bastante na escola. Era baleia pra um lado, pessoas me chamando de gordo do outro. Desprezo e maldade em altas doses. Muitas vezes não ficava só nas palavras: vinham tapas, socos, rasteiras. Eu sofri mais na quinta série. Bem naquele período em que a metamorfose começa. ("Eu prefiro seeeeer essa metamorfose ambulante...")

Foi difícil, foi ruim, e por muitas vezes senti vontade de chorar (ok, chorei escondido algumas vezes). Mas eu não queria dar o gostinho para aqueles que me zoavam, que achavam certo tirar sarro de mim só porque eu não me enquadrava no ideal de beleza DELES.

FOI POR ISSO QUE AOS DOZE ANOS COLOQUEI UMA COISA NA CABEÇA: VIRAR UM COLÍRIO DA CAPRICHO.

Pode parecer besteira. Mas eu queria mostrar que era capaz de virar o jogo, que podia calar a boca daquelas pessoas sem ser arrogante e doente como elas foram comigo. Aquela situação, aquela meta, era simbólica para mim. Tinha a ver mais com superação do que com vaidade.

Eu tentei, tentei várias vezes, e nunca conseguia. Me esforçava, tentava emagrecer, ficar mais fortinho. Mas não estava conseguindo atingir minha meta.

Mas, como o corpo é aquela coisa estranha de que já falamos, por volta de 2011 meu físico começou a mudar. Eu corria, fazia exercícios, tudo para ficar em forma. Mas aí, quando já tinha desencanado e não queria mais ser colírio, foi quando consegui. Aos 15 anos. Tanto que me convidaram para entrar no esquema, nem precisei competir.

Por isso, não sofra por conta dessas pessoas que julgam os outros pela aparência.

Se alguém tem problema, são elas.

Não é você que está fora de forma — é a forma de eles tratarem os outros que está completamente equivocada.

E não é esse lance de que a beleza interna é a que importa...

> TODO MUNDO É BONITO, NÃO INTERESSA O QUE OS "OUTROS" DIZEM.

O ÚNICO QUE PODE FAZER ACONTECER É VOCÊ MESMO.

AMOR X HUMOR

Eu odeio brigar com a namorada. Odiei todas as brigas anteriores e vou odiar todas as que ainda virão.

Detesto mesmo, mais do que tudo, as brigas que começam por nada. Às vezes, algum escorregão e... já era.

Ah, o desentendimento!

Uma mensagem muito ríspida quando na verdade eu a digitei correndo. Pois, ao mesmo tempo em que não quero interromper o trabalho, também não quero deixar a amada lá no vácuo.

Aí digito alguma coisa com poucas palavras, e logo vem a resposta:

> AIN, parece que você não quer conversar
> 17:26 ✓✓

E eu, o que respondo?

> É que eu tô ocupado, já falo com vc
> 17:30 ✓✓

Aparece que ela tá digitando. Apaga. Digita. Apaga. Digita...

> Depois a gente se fala
> 17:36 ✓✓

O que significa: se lascou, Moreira.

Após acabar as pendências, escrevo. Como prometi. E já esquecendo do aparente mal-estar dela de alguns minutos atrás:

> OOOOOOI AMOR, MINHA DEUSA, RAINHA DE TODOS OS UNIVERSOS E SENHORA ABSOLUTA DO MEU CORAÇÃO DESMERECEDOR DE VOSSA COMPANHIA!
> 17:58 ✓✓

E ela?

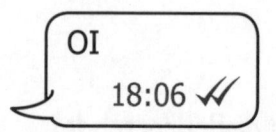

> OI
> 18:06 ✓✓

Aaargh. Ok, o "oizinho" bate que nem uma pedra na minha cabeça, mas vamos lá.

> Tá tudo bem?
> 18:07 ✓✓

Ela...

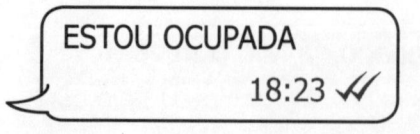

> ESTOU OCUPADA
> 18:23 ✓✓

Vish... Sinto cheiro de vingança. Tento cutucar, com humor. Não dá pra se entregar pra briga de cara, vamos mudar esse placar.

> Ocupada nada, que você acabou de compartilhar uma foto do JARED LETO sem camisa.
>
> Eu só não vou me acabar em lágrimas porque é o JARED LETO. Enfim, não tem como competir com isso.
>
> 18:31

A velha sequência de apaga/digita/apaga/digita... Expectativa... Que rufem os tambores...

> RS
> 18:46

Risos. RISOS. Eu me desdobrando aqui pra conseguir dar andamento a uma conversa e ganho um sorrisinho — e tenho certeza que ela digitou sem nem erguer um dos cantos dos lábios.

Mas eu não desisto!

Não respondo por um bom tempo, e tomo uma atitude. Mesmo que seja tarde da noite.

Ela fica curiosa.

> ???
> 19:13

E eu respondo.

> Calma.
> 20:03

> Vc está quieto há um tempão
> 20:06

Rafael Moreira

> É que demorou
> 20:08

> O que demorou?
> 20:09

> O ônibus
> 20:13

> Não sabia que vc ia sair!
> 20:14

> Pois é
> 20:20

> Onde vc vai???
> Rafa?!
> Tá tocando a campainha aqui de casa...
> Acho bom vc me responder quando eu voltar >:(
> 20:21

Duas horas depois.

> Adorei a surpresa... Obrigada por ter vindo até aqui <3 Desculpa por brigar com vc
> E obrigada por atravessar a cidade pra me ver
> 22:34

> Claro, amor <3
> Agora vc já pode parar de curtir as fotos do JARED LETO. VLW, FLW
> 22:36

E assim a vida continua, meu povo...

Quem nunca teve um diálogo como esse? Tenho certeza que todos nós já passamos por situações parecidas. Um simples "Oi" ao invés de um "OOI" pode mudar completamente o rumo da conversa. E o pior de tudo, às vezes você nem percebe que o culpado de uma briga foi uma simples palavra com uma letra a menos, que pra ela ou ele pareceu ser "seca" ou que não estava querendo falar.

Chega até a ser engraçado ler uma conversa assim, mas na prática não é nada engraçado.

Não se esqueça, com o humor e com o amor o que importa mesmo é a atitude. Não desista. Em vez de levar preocupações para seu sono, leve carinho até quem merece.

ELA ESTÁ ERRADA NA HISTÓRIA? VÁ ATRÁS! É MELHOR DO QUE SE ARREPENDER LÁ NA FRENTE, SE LAMURIANDO POR NENHUM DOS DOIS TER ABANDONADO O ORGULHO.

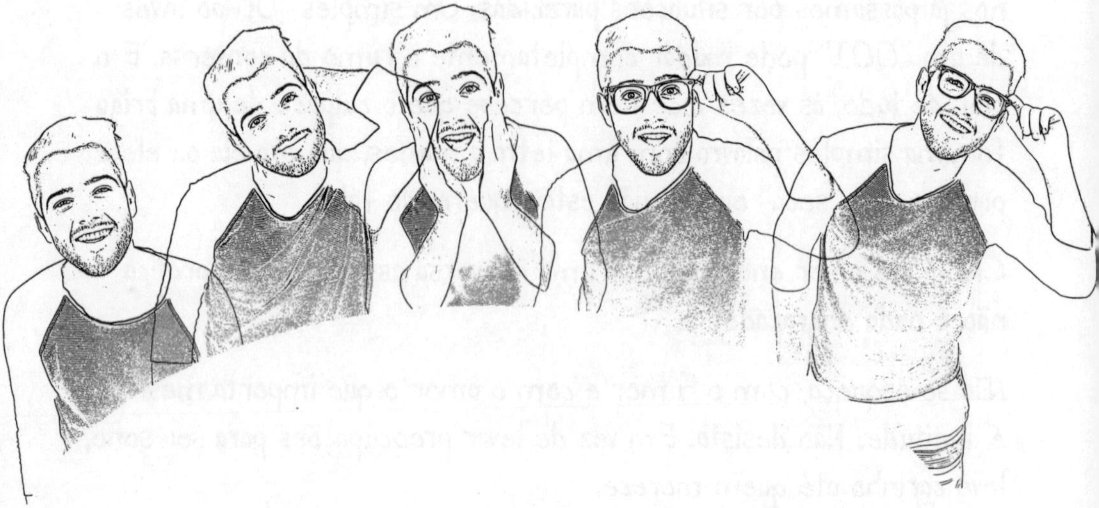

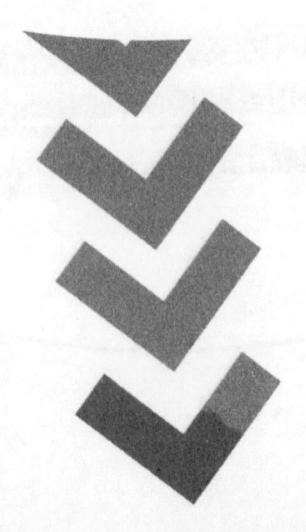

TODO DIA UM QUADRO NOVO

Muita gente já sabe como perdi o medo de altura.

Foi praticamente com uma terapia de choque, em um parque de diversões.

Depois dessa fobia superada, descobri um novo prazer nos fins de tarde: subir no telhado de casa para ficar apenas olhando o céu. Imagem bonita, não? Mas, falando sério, tirar um tempinho pra você todo dia é ótimo, e foi essa a saída que escolhi pra mim.

Eu amo sentir aquele calorzinho que o sol deixou acumulado nas telhas, ficar lagarteando de um lado pro outro, vendo o sol se pôr. Eu gosto também de ficar observando as nuvens, adivinhando formas e animais nos seus contornos, vendo elas se movendo, lentamente, parecendo que são feitas de algodão. Curto também fazer isso na estrada, olhando pela janela do carro ou do ônibus.

Muitas vezes fico tanto tempo lá em cima, sem um teto sobre mim, que começo a pensar que o céu parece uma cúpula, envolvendo minha casa e tudo o mais em minha volta. É bem louco imaginar isso, e ter a sensação de que você é bem pequeno, apenas um grãozinho nesse mundão todo. É de pirar.

Mas não é isso que somos, mesmo?

Se você parar pra pensar na quantidade de gente e no tamanho deste planeta, não somos nada além de um pedacinho de tudo que está aí, um pedacinho mesmo. E é isso que gosto ao olhar pra cima e ver essa imensidão: ela me coloca no lugar, me mostra que tem muita gente no mundo além de mim. Me faz perceber como é grande a perfeição de Deus, ver como tudo foi criado perfeitamente.

TODA TARDE UM QUADRO NOVO É PINTADO NO CÉU.

Ao mesmo tempo que percebo essa perfeição divina, olho para baixo e vejo o quanto somos insignificantes. Tudo que o homem um dia tocou perdeu a perfeição.

> TENHA SEU OBJETIVO EM MENTE E CERTIFIQUE-SE SEMPRE DE QUE ESTEJA NA DIREÇÃO DELE. E O MAIS IMPORTANTE: NÃO SE ESQUEÇA DE CURTIR A PAISAGEM DO CAMINHO ATÉ LÁ.

Então, que o homem nunca toque o céu, para que ele sirva para nos lembrar que a perfeição um dia existiu. E que isso nos incentive a melhorar o mundo, começando por nós mesmos.

Penso nessas pessoas quando passa um avião. Pra onde elas estão indo? Vão pra fora do país ou pra algum lugar daqui? Visitar parentes? A trabalho ou de férias? E imagino para onde vou na próxima viagem de avião. Pra que país, pra que cidade irei? Será pra estudar ou só pra conhecer? Quem eu vou conhecer? São tantas possibilidades que penso não só no tamanho do mundo, mas também em quantos caminhos podemos tomar nesta vida.

Enquanto fico viajando nessas ideias, o sol vai se pondo, tingindo o céu com as cores mais sensacionais que a natureza pode nos dar. Aos poucos o tom alaranjado vai passando a ficar mais fraco, dando lugar pra noite chegar. E é aí que a visão fica mais sensacional. Ainda tenho sorte por conseguir ver as estrelas onde moro, e aquela sensação de estar sob uma redoma fica mais intensa. Aquele cobertor de estrelas cobrindo meu telhado é tudo que preciso pra que tudo de ruim vá embora.

Quando olho pro céu, não vejo apenas o que está lá em cima. Penso em tudo que está embaixo dele. Quantas pessoas, como eu, estão olhando pra cima neste momento? Será que aquela pessoa que um dia será muito especial pra mim também está fazendo o mesmo que eu? Mesmo sem saber essas respostas, de uma coisa tenho certeza: ela respira o mesmo ar que eu e está protegida pelo mesmo céu que eu tanto admiro.

LOVE

A ESCOLA E A VIDA

Antes de qualquer coisa, gostaria de começar este texto agradecendo aos meus professores:

Vocês são demais!

A maioria sempre me apoiou, por mais que alguns deles sempre me dissessem que eu só teria um bom futuro se estudasse 25 horas por dia... Ou se eu fosse para alguma escola particular.

E isso apenas me motivava mais a seguir meu sonho.

Vamos lá: eu sempre estudei em escola pública, e durante toda a minha vida eu fui vendo a realidade de quem não tem uma vida financeiramente tranquila. De quem sequer podia comprar um lanche no intervalo, ou de quem reutilizava material escolar ano após ano, com uniformes remendados e gastos. Na escola pública, a vida não é fácil para ninguém, seja professores ou alunos.

Mas, como eu sempre digo, sempre teremos duas opções. Uma é ficar parado deixando que o primeiro obstáculo te impeça de continuar, e a outra é avançar, transformando suas barreiras em trampolins que te impulsionam cada vez mais para o alto.

Infelizmente, muitos escolhem a primeira alternativa. Preferem dar ouvidos a uma voz que diz que o seu sonho nunca será possível, porque a realidade da sua família não condiz com o tamanho de suas metas.

Rafael Moreira

Pesado, hein?

Vou contar um segredo que pode chocar muita gente:

EU ODEIO ESCOLA!

Tá, não é um segredo, acho que todo adolescente passa por essa fase. E também não é um ódio ódio. A raiva é pelo lugar, o ambiente. Pelas pessoas toscas que vivem lá dentro, e não pela Escola em si, não pelo que ela significa.

E vem a calhar que é justamente na adolescência, mais precisamente quando estamos no Ensino Médio, que as coisas vão se complicando. Pressão pra passar no vestibular, hormônios, tudo junto e misturado.

Da primeira à quarta série eu gostava de ir à escola. Depois eu mudei de colégio, e, como eu ainda era gordinho, o pessoal me zoava e isso colaborou um pouco para minha antipatia pela palavrinha que começava com E.

Embora não gostasse de lá, eu sempre soube o que queria pro meu futuro. Sou apaixonado por tudo que envolve mídias sociais, e é nessa área que eu quero me estabelecer como profissional. Então, fora da sala de aula, em casa mesmo, eu buscava me aprofundar mais no que eu queria como carreira. Li muito sobre os temas de Comunicação ligados a mídias sociais, e estudei ainda mais sobre marketing e publicidade.

MAS O QUE EU ESTOU QUERENDO TE DIZER COM ISSO? QUE VOCÊ DEVE PARAR DE ESTUDAR? QUE VOCÊ NÃO TEM QUE DAR VALOR À ESCOLA?

PELAMORDEDEUS, XARÁ. EU NÃO DISSE ISSO!

O que eu estou querendo te dizer é: não importa a renda da sua família, não importa se você é rico ou pobre. Que muitos te digam que o seu sonho não é possível. Se os seus pais conseguem te dar a oportunidade de ter um ensino acima da média ou não...

Estude, e não se esqueça que o único que pode fazer acontecer é você mesmo.

Comece a escolher a segunda opção pra sua vida, transforme todas as barreiras que você encontrar pela frente em trampolins e treine saltos cada vez mais elaborados.

Não vai ser fácil, muito menos rápido. Mas a recompensa pode ser o mundo!

APROVEITE SEU TEMPO!

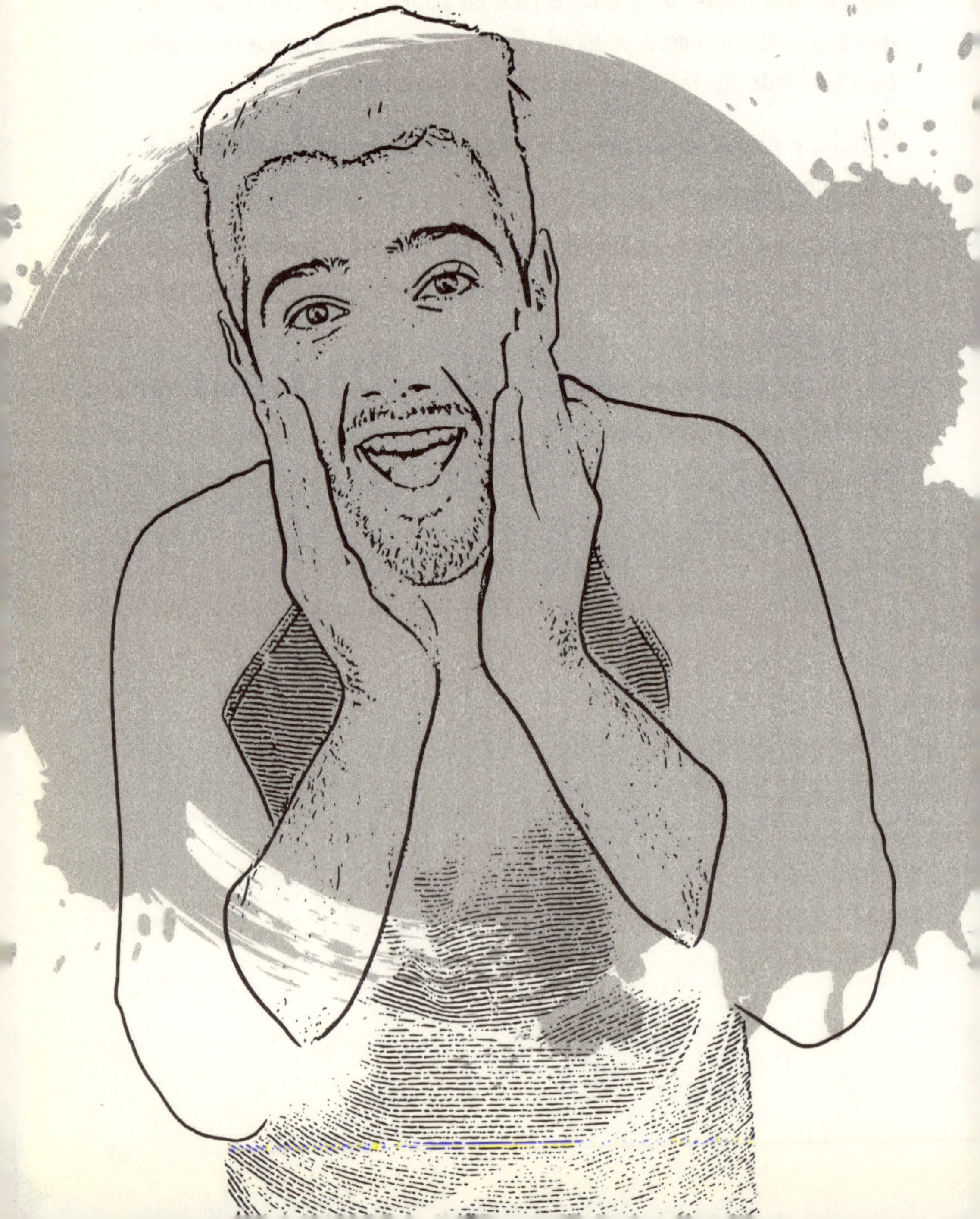

NÃO SER CORRESPONDIDO

Este textinho vai começar meio cabeça. Matemático até, mas você já vai entender o porquê disso.

Sabe durante a aula, quando o professor explicava um lance chamado proporção inversa? Bom, aqui vai uma explicação cabeçuda: é a relação entre duas grandezas que respeitam a seguinte ideia: quando se dobra o valor de uma delas, a outra tem seu número dividido por dois; quando se triplica, a outra é dividida por três, e assim por diante.

Agora você me pergunta: aonde você quer chegar, sr. Moreira?

E eu respondo: boa pergunta.

Nunca pensei que uma regra matemática faria tanto sentido na vida real, sério. Sabe quando você gosta muito de alguém, mas muito mesmo, que você tenta muito agradar, ou estar junto, ou saber sobre a vida dela? Qual o resultado disso, geralmente? Como na matemática, meu caro amigo, minha cara amiga, o que acontece é inversamente proporcional ao seu esforço. Se você se esforça dobrado pra agradar essa pessoa, o interesse dela por você cai pela metade. Se você tenta fazer um esforço triplicado para saber alguma coisa sobre ela, consegue só um terço de uma migalhinha qualquer.

Mas parece que a gente gosta do mais difícil, de quem não gosta da gente. E a sensação que dá é de ser um lance inconsciente.

Quando o cara é muito fácil, ou a mina é muito fácil, você acaba desencanando e querendo partir pra outra. E, veja bem, isso vale para garotos e garotas.

Aquele sujeito que se esforça, responde mensagem na hora, dá presentes, faz visitas-surpresa, se preocupa com a garota, é o cara que acaba se ferrando. O cara que só zoa, esculacha, não dá o mínimo de atenção é o que vai se dar bem. A razão disso está muito longe da minha compreensão, caros leitores, mas, se vocês souberem, me digam.

Só que todo esse lance já dá a pista de que o que você sente por ela, o fato de não ser correspondido, não vai dar certo. Porque os relacionamentos não funcionam à base de joguinhos, mas sim à base de sinceridade e da aceitação dos esforços do outro.

Então, prego aqui o fim desse esquema perverso. Valorize quem te valoriza e não dê corda pra quem te ignora. Todo mundo gosta de receber um agrado, se sentir importante para alguém, mas, se você não souber receber os elogios e o carinho, essa pessoa pode cansar e desistir. Então, preste muita atenção para não se arrepender e acabar sem aquele sujeito que gostava de você e sem aquele que por tanto tempo te desprezou.

Ao invés de proporção inversa, vamos usar a proporção direta. Vamos valorizar quem nos trata bem e colocar no devido lugar quem nos trata mal.

Porque quem gosta de joguinhos, como você bem sabe, é criança.

APRENDA COM AS PERDAS E SE TORNE MAIS FORTE.

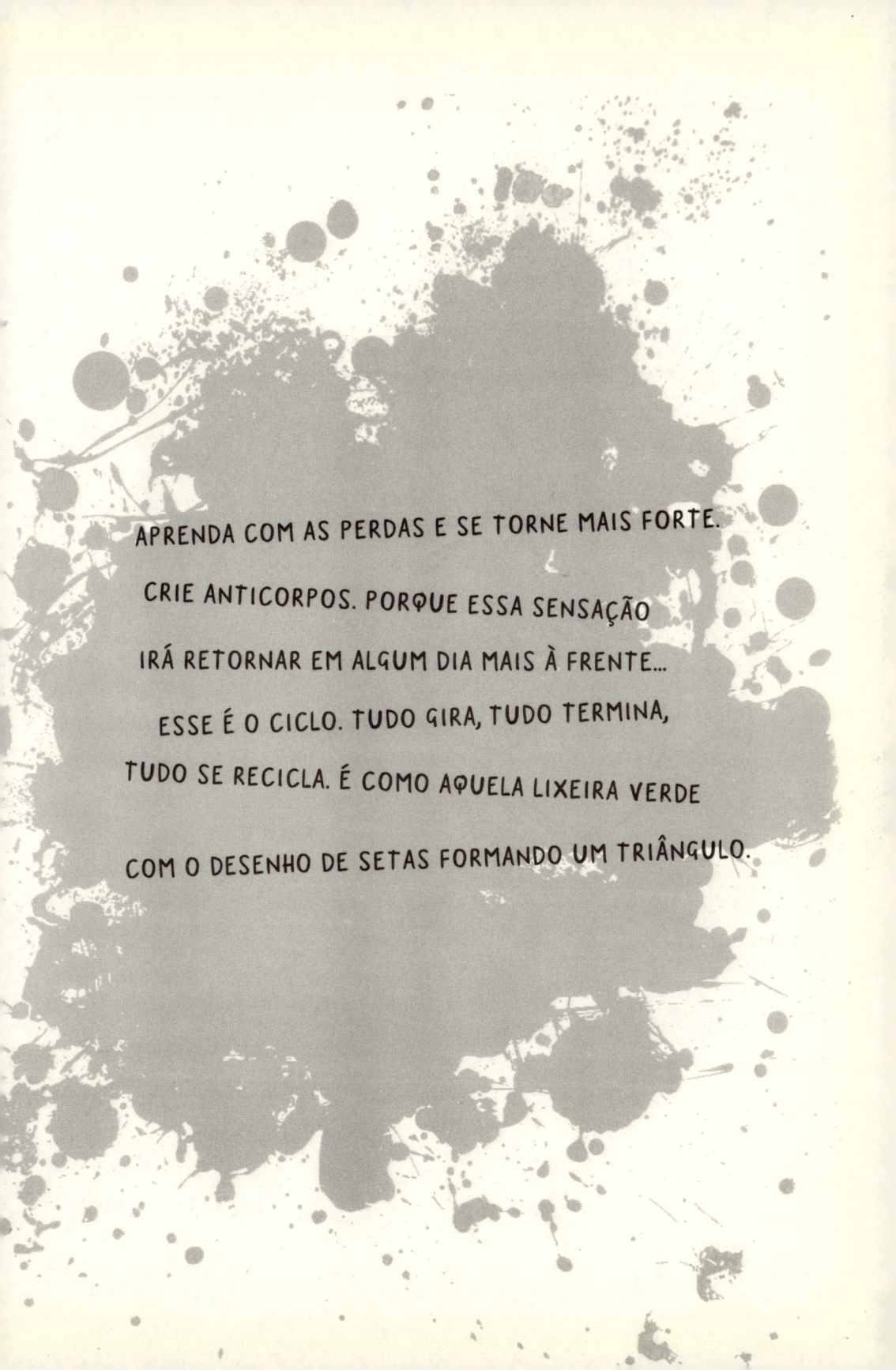

CRIE ANTICORPOS. PORQUE ESSA SENSAÇÃO

IRÁ RETORNAR EM ALGUM DIA MAIS À FRENTE...

ESSE É O CICLO. TUDO GIRA, TUDO TERMINA,

TUDO SE RECICLA. É COMO AQUELA LIXEIRA VERDE

COM O DESENHO DE SETAS FORMANDO UM TRIÂNGULO.

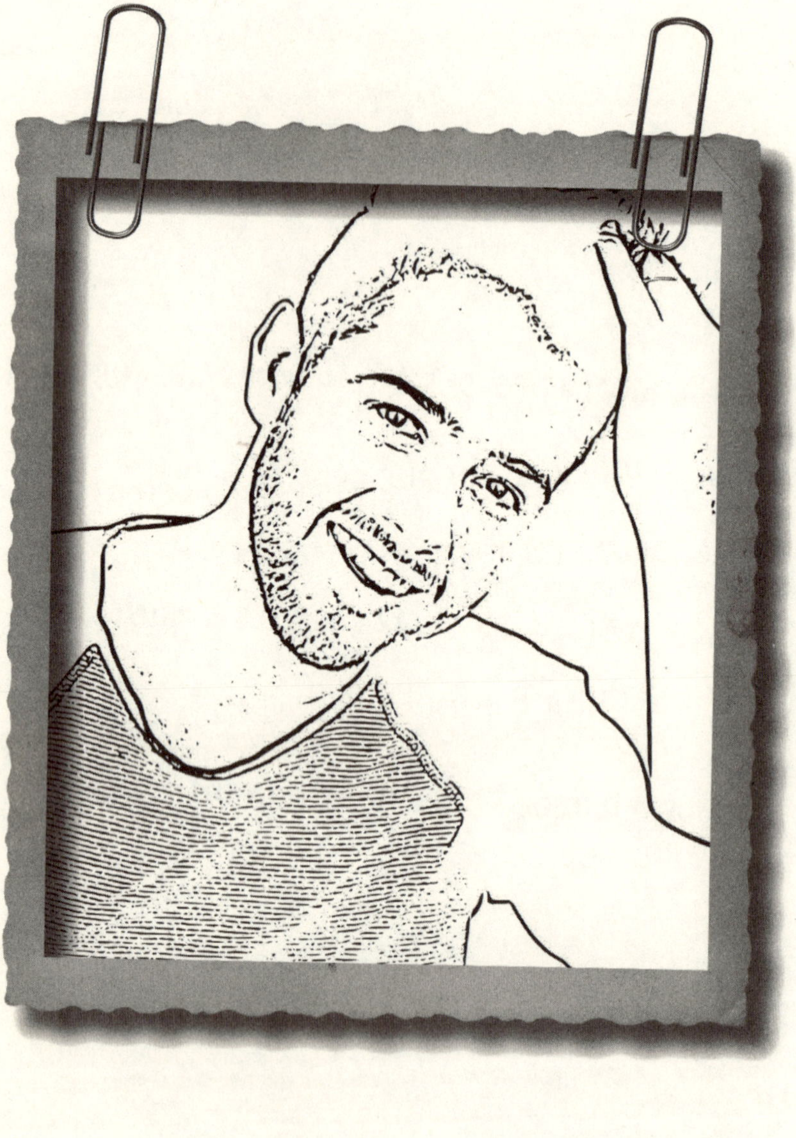

PAIXÕES COM FINAIS FELIZES

(SIM, ELAS EXISTEM!)

Eu sempre fui um cara apaixonado.

Claro, meu canal no YouTube se chama Me Apaixonei, e eu nunca fui de fazer propaganda enganosa.

Eu garanto para você: nenhuma das vezes em que eu me apaixonei foi como a primeira vez.

Quando foi isso?

No ensino fundamental.

Sabe aqueles namoros de criança? Então, eu tive um! Eu e a garotinha começamos a namorar na primeira série. E todos os dias, quando eu chegava da escola, ficava pensando no que eu iria escrever na cartinha que entregaria pra ela no dia seguinte.

Rafael Moreira

Eu só tinha 8 aninhos, mas já achava que tinha encontrado o amor da minha vida.

Até que teve um dia que ela chegou em mim e disse: "Rafa, vou esquentar nossa relação!".

Aí eu já fiquei todo feliz, claro. Uau! Que garota de atitude!

E ela foi e me deu um beijo no rosto.

CARA, ONDE ELA APRENDEU A FAZER ISSO?

Aquele tinha sido o melhor dia da minha vida, porque até então eu só tinha pegado na mão dela algumas vezes.

Eu era o homem mais feliz do mundo! Sim! Realizado! Com a melhor namorada do mundo... Que me trocou pelo meu melhor amigo.

Que tragédia. Na terceira série, após quase dois anos perfeitos e felizes... Era a vida me ensinando desde cedo como as coisas seriam.

Ok, mas aí o tempo foi passando. Após muita terapia e porres de Toddynho, cheguei em uma fase (mais precisamente no início da adolescência) em que todas as pessoas ao meu redor se apaixonavam por alguém diferente TODA SEMANA.

> ENTÃO, DA PRÓXIMA VEZ, SAIA MAIS TRANQUILA, DISPOSTA A CONHECER GENTE NOVA. E NÃO PRA CAÇAR SEU PRÍNCIPE ENCANTADO OU PRA ESQUECER O SAPATINHO DE CRISTAL NA ESCADARIA DO BAILE.

E era aí que eu me ferrava.

Porque eu não conseguia gostar e desgostar de alguém tão rápido. As coisas não são assim, ON/OFF.

Eu achava "tudo bem" os outros padecerem de paixões-relâmpago, cada um na sua. O problema era que, quando eu me apaixonava por uma menina, ela correspondia nos dois primeiros dias e... logo se apaixonava por outro cara.

Fico me perguntando: será que toda paixão é assim? Um sentimento que faz você se sentir a melhor pessoa do mundo, mas que logo menos faz com que você se frustre por ter sido trocado como uma camiseta com mancha de ketchup?

Hoje em dia, paixão é um sentimento que muitas vezes é classificado como uma coisa ruim, tipo, "Se você se apaixonar, vai se machucar no final".

Eu não acho que essa tal coisa em que alguém se machuca no final seja a verdadeira paixão... Pra mim isso é apenas uma (má) ilusão que criamos na nossa cabeça, porque nos deixamos levar por esse sentimento de falso desapego que rola por aí. Acabamos confiando mais na pessoa do que em nós mesmos, colocando muitas expectativas em quem ainda nem se revelou por completo para nós... e isso vai gerando uma dependência pela presença da pessoa.

Aí, quando percebe, chega um momento em que você passa a viver pela pessoa. Tudo que faz é pensando nela, só nela. Consequentemente, qualquer deslize dela fará com que você se machuque no final. Colocando a culpa na paixão, quando o verdadeiro culpado foi você.

Rafael Moreira

Quando eu disse, no começo deste capítulo, que nenhuma paixão foi como a primeira vez em que eu me apaixonei, foi porque, depois que minha namoradinha "me trocou", eu continuei vivendo como se nada tivesse acontecido.

Continuei falando com meu melhor amigo e com ela também. Isso porque, em toda a minha inocência de

> AQUELE SUJEITO QUE SE ESFORÇA, RESPONDE MENSAGEM NA HORA, DÁ PRESENTES, FAZ VISITAS-SURPRESA, SE PREOCUPA COM A GAROTA, É O CARA QUE ACABA SE FERRANDO.

criança, eu não a colocava como o centro do meu universo — e era um universo bem reduzido naquela época, diga-se de passagem.

Eu gostava dela?

Gostava, sim. À minha maneira de criança. Mas continuei vivendo pra mim, continuei colocando meus amigos e minhas brincadeiras em primeiro lugar. E, quando tudo "acabou" entre nós, eu fiquei triste, sim. Mas só um pouquinho. Fiquei sem maiores machucados, apenas aqueles que eu continuava ganhando na areia do playground.

Deu pra entender? Eu estou comparando uma paixão de quando eu era criança com as paixões de hoje em dia. Mas aí você me fala: "nós não escolhemos por quem vamos nos apaixonar".

ESSA É A MAIOR MENTIRA DO MUNDO!

Você já começa se machucando quando qualquer coisa tá boa pra você, quando você não mentaliza o tipo de pessoa que você quer do seu lado. Não é errado fazer isso, poxa. Isso é colocar sua felicidade em primeiro lugar! Não precisamos pedir em casamento a primeira pessoa que nos der um olhar mais demorado.

Eu coloco a paixão como uma das etapas do amor. Primeiro vem a amizade, com a amizade vem a paixão e com a paixão cabe a você querer ou não querer fazer dela o amor, de fato.

Cabe a você escolher colocar-se ou não em primeiro lugar. Posso falar uma coisa que eu acho? Quando a paixão vem primeiro que a amizade, é que você já chegou em um nível de carência tão grande que qualquer mínima fagulha de atração que você sente já inicia um fogaréu imenso. Aí você se machuca mesmo. Eu já cheguei nesse nível de carência, e garanto que já me machuquei com isso. Quem nunca, né?

Nós precisamos aprender com todas essas "paixões" que passamos, e tirar esse bloqueio de nós mesmos de que toda vez alguém vai se machucar no final. Uma hora você vai conhecer alguém que fará valer a pena. É clichê, mas é verdade! Só depende de você.

Coloque sua felicidade em primeiro lugar em qualquer relacionamento que você começar. Se os dois fizerem isso ao entrar no relacionamento, os dois serão felizes por muito, muito tempo. Ah, sim: SE VOCÊ ESTÁ EM UM RELACIONAMENTO EM QUE NENHUMA DAS PARTES SE SENTE FELIZ, PARE TUDO. COMECE DE NOVO, MAS NÃO SE DEIXE EM SEGUNDO LUGAR POR NINGUÉM A NÃO SER POR SUA FAMÍLIA, E, CLARO, POR DEUS.

LOVE
love
i♥U!
love.

SONHOS E CAMINHOS

Enquanto escrevo este capítulo, estou indo pra São Paulo. Acordei às 6 horas da manhã, saí de casa às 7 e aqui estou eu, deixando Campinas pra trás temporariamente.

Gosto de tirar reflexões das coisas simples do dia a dia. E, olhando pela janela, vejo vários caminhos, e pessoas os escolhendo, umas indo e outras voltando. Algumas escolhem o mesmo que eu, e outras se desviam para outros completamente diferentes... Apenas para nos encontrarmos num cruzamento, bem lá na frente. E nas estradas longas... Bom, nestas sempre existem aqueles postos de gasolina para dar uma informaçãozinha a quem está perdido.

"Legal isso aí, Rafael! Mas e daí?"

É que, pra mim, essas metáforas pescadas em nosso cotidiano refletem totalmente nossas vidas, nossas escolhas. Estamos constantemente em busca de um objetivo, sempre buscando uma meta. Mas nunca temos um destino certo, por mais que saibamos sobre os nossos desejos. O caminho é sempre uma incógnita, e por algumas vezes até sabemos parte do itinerário. Mas resolvemos optar pelo caminho mais fácil, por atalhos... E muitas vezes esses atalhos mostram ser apenas retornos, que nos colocam na contramão. Ou pior: eles nos levam para algum ponto mais atrás do caminho, nos fazem retroceder.

É por isso que muitas pessoas não realizam seus sonhos. Por falta de planejamento, por pressa. Por quererem pegar atalhos. Então, uma coisa tem que estar em sua cabeça o tempo todo: PARA VOCÊ QUERER CHEGAR EM ALGUM LUGAR, PRIMEIRO PRECISA SABER PRA ONDE VOCÊ QUER IR. O caminho pode ser longo, mas você precisa ter foco, principalmente para não cair nas tentações, nas armadilhas dos atalhos.

Escolha quem você quer ser na rodovia da vida, trilhe o seu caminho.

Sempre que você olhar para os lados, para o acostamento ou para o outro lado da estrada, vai notar que alguém estará voltando. Que alguém estará buscando um novo caminho. E que mais alguém estará perdido... Mas não desanime. Não se perca!

Tenha seu objetivo em mente e certifique-se sempre de que esteja na direção dele. E o mais importante:

NÃO SE ESQUEÇA DE CURTIR A PAISAGEM DO CAMINHO ATÉ LÁ.

> MUITAS VEZES SÓ APRENDEMOS SOFRENDO NA PELE, POR MAIS QUE VEJAMOS UM MONTE DE PESSOAS PASSANDO POR ISSO.

A PRESSÃO DA ESCOLHA PROFISSIONAL

Quem tá chegando nessa fase de escolher profissão, ou já está pensando lá na frente, sabe a pressão que o assunto traz. No fundo é muita treta: COMO DECIDIR SOBRE ALGO QUE VOCÊ PODE FAZER PELO RESTO DA VIDA?

Claro que você pode mudar de profissão, mas de início é algo que você vai estudar por quatro anos (ou mais) na faculdade e depois vai pro mercado de trabalho ralar.

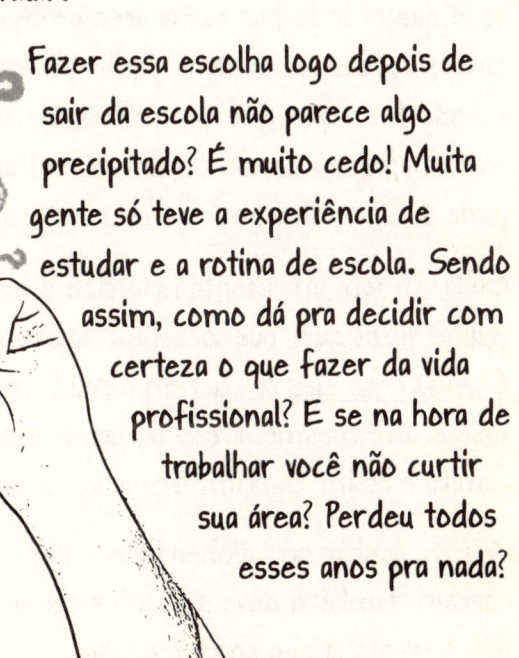

Fazer essa escolha logo depois de sair da escola não parece algo precipitado? É muito cedo! Muita gente só teve a experiência de estudar e a rotina de escola. Sendo assim, como dá pra decidir com certeza o que fazer da vida profissional? E se na hora de trabalhar você não curtir sua área? Perdeu todos esses anos pra nada?

Rafael Moreira

Seria muito bom se a gente pudesse testar um pouco algumas áreas até ter certeza, mas a pressão pra decidir logo o que queremos da vida é muito grande. Como se ao sair da escola já desse pra decidir alguma coisa.

Minha sugestão é a seguinte: quem não sabe o que fazer poderia testar algumas ideias por um tempo, trabalhar um pouco, viajar, ver realmente o que quer. Aqueles que sabem, muito bom, podem seguir direto, mas acho que bastante gente tem dúvidas.

Tem outra: nada impede que você faça uma segunda faculdade ou uma pós-graduação depois em outra área. Isso é uma coisa que vejo muitos amigos mais velhos fazerem quando descobrem que não fizeram uma escolha inteiramente certeira antes. Dizem que cachorro velho não aprende truque novo, pura mentira!

E também o caminho da universidade pode não ser o único. Talvez você queira trabalhar numa área em que não existe graduação ou outros cursos, ou mesmo partir pra prática. Não é só porque todo mundo faz uma coisa que pode ser melhor pra você. Além do mais, muitas carreiras novas surgem e muitas desaparecem, então você pode ser pioneiro em alguma nova profissão. Seria massa isso.

Cada um tem um talento natural, e é legal respeitar isso. A família muitas vezes quer que você faça alguma outra coisa, e isso é bem mala. CLARO que eles só querem o seu bem, mas só quem conhece a fundo você é você mesmo. Cedo ou tarde, essa decisão precisa ser sua. Mas família é assim: cada um tem a sua e cada um sabe como lidar com ela.

Assim, ganhar seu dinheirinho é bom, ser reconhecido, ter futuro na carreira também deve ser. Mas ser infeliz na profissão... Acho que não tem grana que conserte isso.

POR UM MUNDO

COM MAIS GENTE TRABALHANDO FELIZ

E MENOS GENTE EMBURRADA.

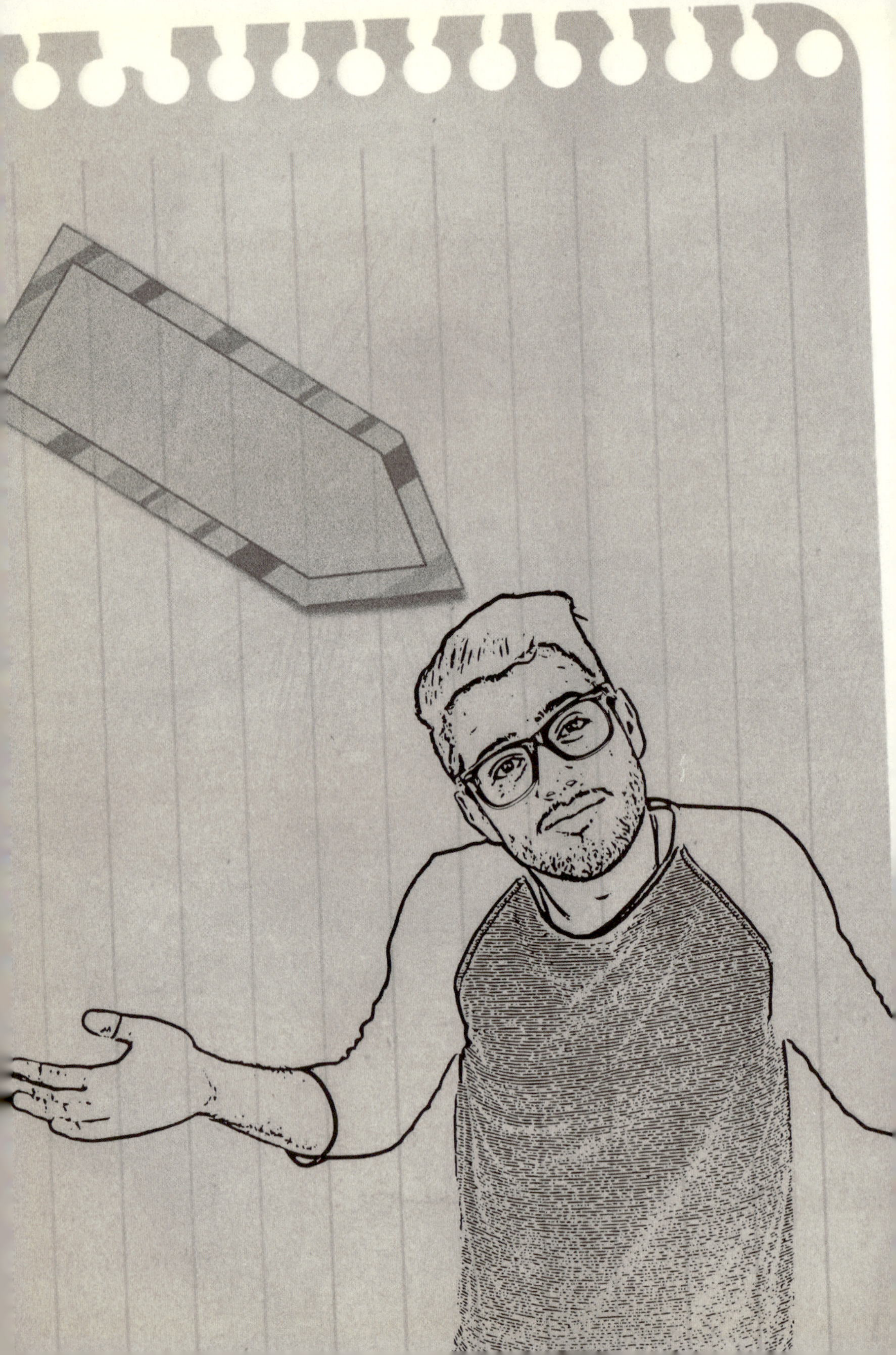

ETERNAS CRIANÇAS

Eu me surpreendo com muita coisa. Há quem diga que, se perdermos a capacidade de ver o mundo com os olhos de uma criança, significa que a vida se tornou uma grande porcaria. E eu tenho que concordar com isso.

Eu quero a espontaneidade das crianças para o resto da minha vida, quero ser um velhinho de 80 com a alegria de um menino de 8 anos.

E, quando eu estiver lá, quero a minha velhinha do meu lado, rindo do chantilly na ponta do meu nariz depois de eu tomar um cappuccino, apontando para o meu cabelo bagunçado — se eu ainda tiver algum nessa idade. Se eu for careca, tudo bem. Vou aprender a rir de mim, vou aprender a ser feliz aceitando o que Deus me deu.

Vejo muita gente da minha idade reclamando da vida, e até aí tudo bem. Acontece. Temos problemas e desabafamos da maneira mais rápida que conseguimos. Nessas horas, as redes sociais estão a apenas alguns cliques de distância. Ou a alguns movimentos de um polegar.

Então, em uma olhada no feed de notícias, eu vejo toneladas de gente amargurada. E EU ACHO QUE ISSO ME FAZ PENSAR: OS JOVENS DE HOJE, AS CRIANÇAS E ADOLESCENTES, NÃO ESTÃO PEGANDO PESADO DEMAIS CONSIGO MESMOS?

Tudo bem que temos que conservar a nossa criança interior para o resto de nossas vidas... mas isso não significa que devemos ser amargos logo no início dela, certo?

Falta alegria onde deveria ser mais fácil encontrá-la.

Então, faço um pedido: toda vez que você se sentir triste, desabafe se quiser. Mas depois, quando algo lhe trouxer a alegria de volta, faça o favor de compartilhar essa parte também. Quero ver a sua felicidade, os milagres que acontecem de maneira inesperada e seus desejos sendo realizados. E que essa alegria contamine quem não estiver muito bem.

Não precisamos ser jovens rabugentos.

QUE SEJAMOS CRIANÇAS FELIZES ETERNAMENTE.

MEU PRIMEIRO BEIJO

O primeiro beijo é algo marcante na vida de todo mundo. Com certeza você se lembra de como foi a primeira vez que beijou — e, se a sua experiência foi pelo menos igual à minha, ainda sente uma profunda vergonha!

Como eu vou contar isso pra você? Sinto o calor do vexame só de lembrar!

Sabe aquela garota que falei pra você que eu namorei na 2ª série? A criatura insensível (mais música de violino, por favor) que me trocou pelo meu melhor amigo?

Então, eu continuei apaixonado por ela até a 7ª série! Sooooofre, Rafael!

O tempo foi passando, meu corpo foi mudando e tal. Eu não sei por que eu comecei a engordar, já que eu só comia coisas saudáveis, tipo batata frita e leite condensado com chocolate em pó (era a melhor coisa quando eu tinha preguiça de fazer brigadeiro). Além disso, eu passava a tarde toda jogando videogame, uma atividade que mexe com toda a musculatura.

Sabe aquele gordinho da sua sala que você gosta de zoar porque ele é legal e zoa junto? Então, esse gordinho era eu na 5ª série.

Rafael Moreira

Calma aí. Vou buscar uma fotinho antiga minha pra você entender do que eu estou falando.

Este sou eu, e a menina do lado é a Karla. Agora você entendeu, né?

Mas, voltando ao assunto. Eu era apaixonado pela MONSTRA INSENSÍVEL. Só que o tempo passou, e ela, ao contrário de mim, não engordou. Ela acabou virando o centro das atenções dos meninos. Era impossível fazê-la me notar quando tinha vários garotos atrás dela com uma aparência melhor que a minha.

E naquela época nem existia o Twitter para eu xingar muito.

Agora, chega de enrolar: vou contar como foi o "Grande Dia". Que rufem os tambores! (Para ser menos vergonhoso pra mim, vou contar como se eu fosse o narrador de uma história.)

Tudo começou em 1969, quando minha mãe nasceu. O dia estava lin...

Rafael! Eu quero saber do seu primeiro beijo, não da história da sua família!

Ok, ok. Vou ser mais direto agora, prometo! Se você tivesse essa minha lembrança, enrolaria do mesmo jeito!

Bom, o dia estava lindo. Como todos os dias em que eu acordava com aquela disposição para ir pra escola, só que não. Chegando lá, já fui bem recebido com duas aulas lindas de português. Na real, eu nem lembro do que aconteceu no dia, só lembro que estávamos na educação física e estava rolando alguma aposta entre as meninas da minha sala. Todo mundo sabia sobre a minha paixão por ela. E aconteceu que ela perdeu a aposta. Adivinha qual era a punição dela.

SIM!

Era me beijar. Depois da cadeira elétrica e da prisão perpétua, a maior punição do mundo ocidental.

É, galera, a vida não é fácil. Eu já fui a punição de uma aposta. E, claro, eu era gordinho mas não era bobo, sabia que isso era um castigo pra ela — mas quis fazer a minha também. Eu era apaixonado por ela, e ela foi punida. Eu estava ganhando na loteria.

Chegou a hora do beijo: estávamos nós dois sentados no banco enquanto ela me olhava, eu olhava pra ela e a sala toda nos olhava.

Ela, por já ser experiente no assunto, veio me beijar.

Eu só fechei o olho e parti pro beijo. Quer dizer, "beijo". Porque eu não sabia desse lance da língua. Eu fui pro selinho quando comecei a sentir uma linguinha tentando entrar na minha boca, aí eu já assustei.

Rafael Moreira

Foi tipo, "QUE M#$*@ É ESSA!? Eu quero um beijo, e não ser engolido".

Mas, enfim, só aceitei. Não abri a boca por medo. Durou no máximo dois segundos e ela saiu limpando a boca.

☹

E assim foi meu primeiro beijo. Por mais que eu soubesse que esse "beijo" aconteceu porque ela estava me esculhambando, fiquei feliz porque gostava dela. E continuei gostando até ela mudar de período e pararmos de nos ver. Hoje eu a encontro pela rua e damos risada lembrando dessa história.

Tenho certeza que eu não fui o único a passar por uma situação constrangedora na hora do primeiro beijo. Com certeza a sua história deve ser boa. Hoje eu olho pra trás e vejo que não tinha necessidade daquilo, poderia ter sido uma experiência bem diferente. Porém, me divirto quando lembro.

☺

A MORAL DA HISTÓRIA

EU ADORO HISTÓRIA. E HISTÓRIAS.

Na escola, sempre foi a minha matéria preferida. Até hoje estudo isso por conta própria, compro livros simplesmente porque o tema me agrada e me jogo de cabeça em alguma outra época conturbada da humanidade, para entender algo que já passou, mas que continua influenciando nosso presente. Muito do que vivemos hoje já foi estabelecido há tempos, por revoluções, guerras e outros momentos tensos de altas tretas mundiais.

Gosto tanto de História que já participei de uma competição escolar sobre isso. Não lembro bem em que série foi. Meu gosto pela matéria veio de uma antiga paixão, que dizia que eu deveria ser mais intelectual. Eu gostava dela, e queria agradar. Fui atrás, estudar por conta própria, crescer para ela — e por mim. A paixão e o amor têm dessas coisas, e, por mais que eles acabem ou passem, as coisas boas perduram.

Mas tudo bem, isso já é outra história...

Nesses últimos tempos, acabei reparando que muitas pessoas desataram a falar sobre política. Claro, não tem como ignorar com tudo isso sendo jogado em nossa cara: eleições, corrupção, políticos loucos com discursos de ódio...

Vejo muita gente supostamente mais inteligente que eu perdendo a linha. Só pra explicar: as eleições acabaram, um dos candidatos venceu, e obviamente que uma parcela de eleitores saiu #chateada. Democracia. Aliás, passamos maus bocados para chegar até este modelo de política. Muita gente se machucou, muito se perdeu. Um período negro da nossa história.

Aí eu vejo gente descontente com o resultado da eleição, e qual a atitude dessas pessoas? Pedir intervenção militar. Pedir um novo período de ditadura.

Olha, meu povo... Eu sempre digo que podemos aprender com os erros dos outros, e isso também vale para o destino do nosso país. O Brasil já esteve em um relacionamento sério com a censura, com o abuso de poder, com a tortura e a desinformação. Não precisamos reatar esse namoro abusivo, certo?

Eu sou moleque ainda, mas aprendi mais com este tropeço da nação do que muita gente que viveu aquela época.

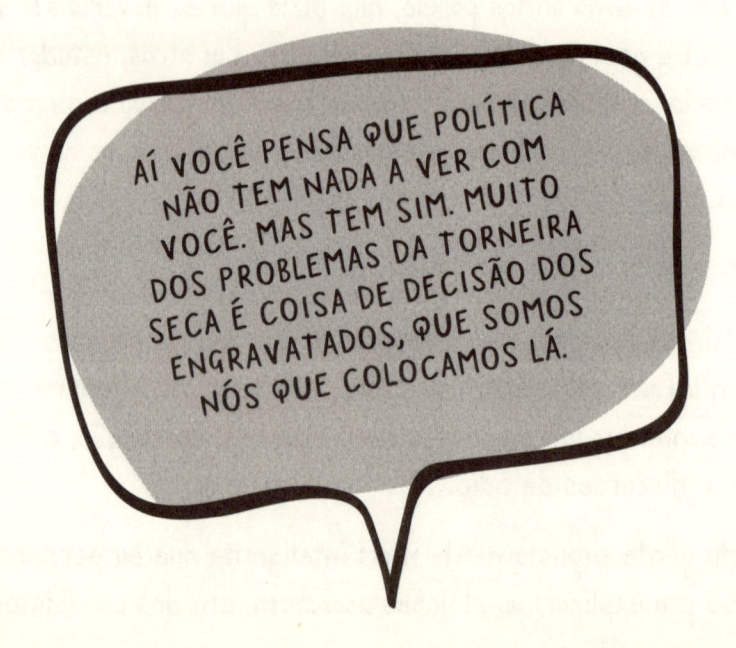

> AÍ VOCÊ PENSA QUE POLÍTICA NÃO TEM NADA A VER COM VOCÊ. MAS TEM SIM. MUITO DOS PROBLEMAS DA TORNEIRA SECA É COISA DE DECISÃO DOS ENGRAVATADOS, QUE SOMOS NÓS QUE COLOCAMOS LÁ.

Diário de um ADOLESCENTE APAIXONADO

E é por isso que eu amo História. Nas redes sociais, todo mundo é cientista político, todo mundo defende um ponto, todo mundo está certo. Mas, lendo os livros, estudando os fatos, eu tiro as minhas conclusões. Depois de um mergulho em nosso passado, vejo que muitos discursos raivosos não se sustentam. Eles não têm embasamento. Eles são apenas... raiva.

O que precisamos mesmo é de amor. Em nossas vidas, em nosso país.

Para nunca mais reatarmos com aquela ex-namorada maluca, a Dita. Uma namorada muito dura.

(Olha, trocadilho ruim com intenção boa não merece vaia.)

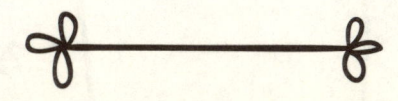

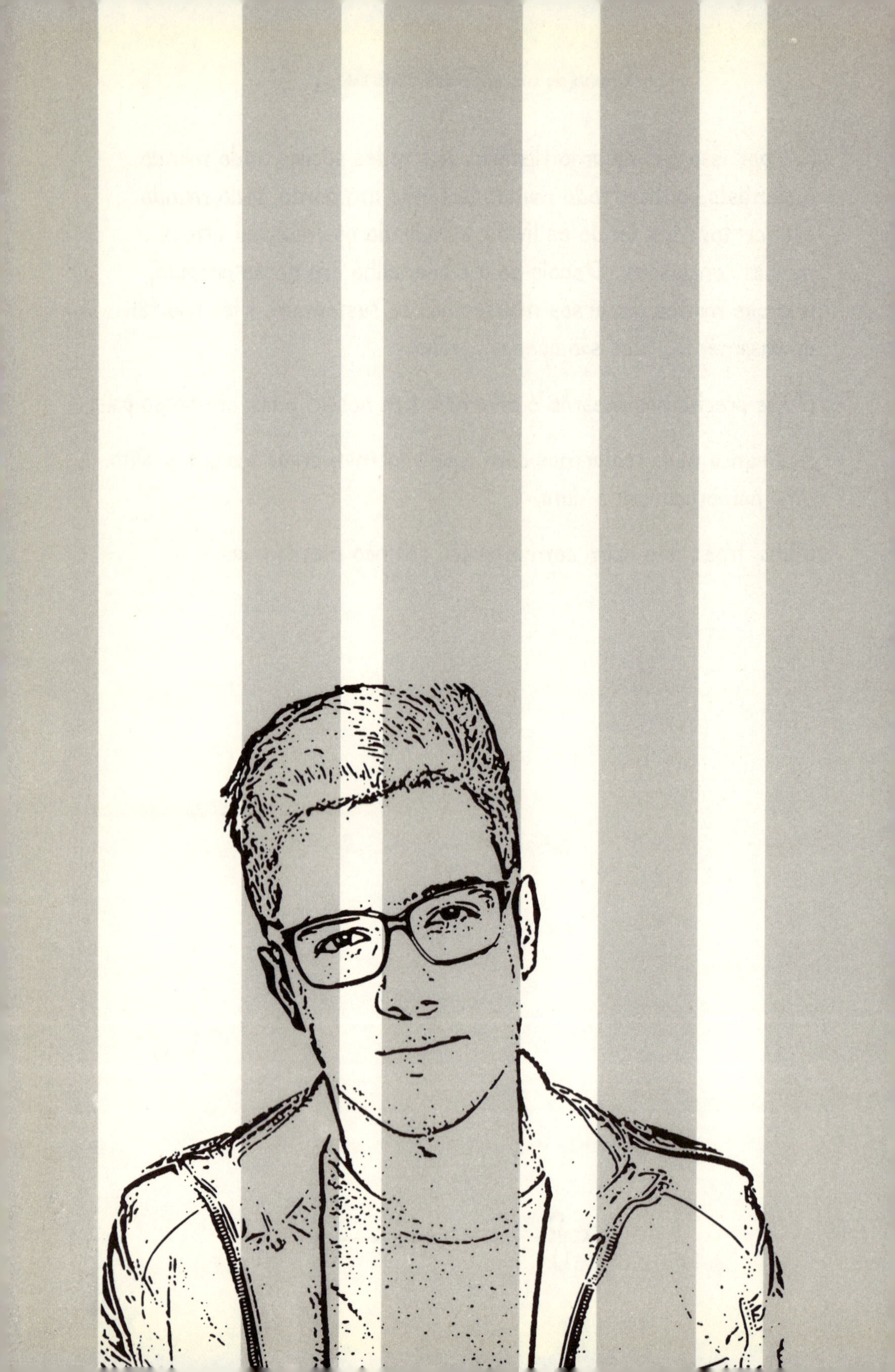

PRIMEIRO ENCONTRO

O primeiro encontro deveria ser sempre uma delícia. Deveríamos já sair de casa com aquela expectativa, rumo a uma promessa de risadas, olhares e bons momentos. Mas nem sempre é assim.

O nervosismo pode gerar em todo mundo aquela incerteza, insegurança. No meu primeiro encontro fiquei superagitado, suando frio. Falei pra mim mesmo que não ia me decepcionar, mas gaguejei, não consegui falar o que queria. E no fim acabei com as mãos abanando, mas abanando mesmo, dando um tchauzinho a distância, e voltei pra casa, sozinho.

FOI PÉSSIMO. ☹

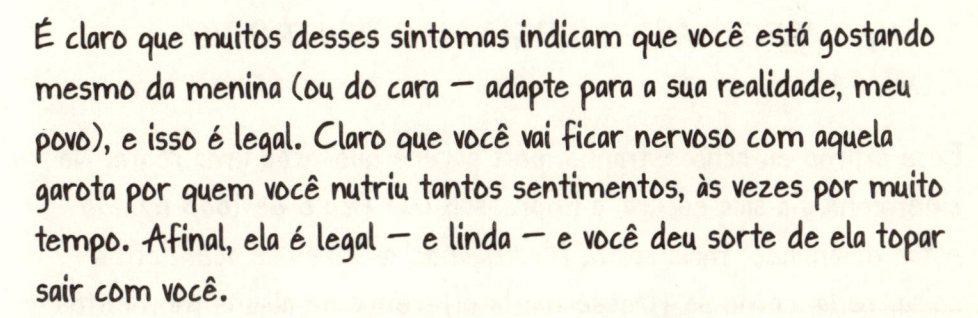

É claro que muitos desses sintomas indicam que você está gostando mesmo da menina (ou do cara — adapte para a sua realidade, meu povo), e isso é legal. Claro que você vai ficar nervoso com aquela garota por quem você nutriu tantos sentimentos, às vezes por muito tempo. Afinal, ela é legal — e linda — e você deu sorte de ela topar sair com você.

Mas não se pressione tanto, camarada. Para evitar essa situação, que pode se tornar um tanto constrangedora, queria compartilhar com você algumas dicas que me ajudam muito nessa hora:

Rafael Moreira

1 — NÃO FIQUE PLANEJANDO.

Prever como vai ser a conversa, o encontro, é muito difícil. Nem se você fosse em uma cartomante ela conseguiria te dar um roteiro de coisas pra falar. Então, não encane muito com isso. Deixe o lance rolar e não programe tudo de antemão, porque, se você tiver uma listinha de falas na cabeça e ela mudar o assunto, como é que as coisas ficam? Vai dar pau no cérebro? Melhor é ir com a cabeça fria, de boa, sem ter criado muita expectativa. Vai por mim.

2 — FALE O QUE ESTÁ PENSANDO.

Continuando a ideia de cima, tente agir com naturalidade. Já que você não vai sair com a garota pra representar um personagem de cinema, seja você mesmo. Como você já está indo sem esse roteirinho todo na cabeça, é só deixar rolar e mostrar pra ela toda a beleza do seu ser. Quer dizer, beleza interna e externa, né? Porque eu espero que, no mínimo, você vá bonitão nesse encontro, e depois de ler este texto vá lindão do lado de dentro também.

3 — NÃO PRECISA BEIJAR APENAS DENTRO DO CINEMA.

Esse último eu acho estranho, pois parece que virou uma regra. No cineminha, na sala escura, a impressão que fica é de todo mundo estar desinibido, mais solto. Mas quando as luzes se acendem a coisa muda, como se fizesse muita diferença de alguns momentos atrás, no escurinho. Cara, não perca a oportunidade de dar um beijo, fazer um carinho nela com as luzes acesas. Aquele sorriso, a ajeitada no cabelo enquanto olha pra você é um bom momento pra quebrar esse muro que a luz levanta. Porque, convenhamos, poder passar o sentimento através do olhar é muito mais bonito do que uma simples pegação.

É isso aí. Espero que essas dicas ajudem você a derrotar esse grande monstro que chamamos de "primeiro encontro". Você vai ver que de bicho-de-sete-cabeças ele não tem nada. É só ser você mesmo, sem firulas e truques. Se você mostrar sua personalidade pra garota e não rolar, não era pra ser mesmo. Você quer que ela goste de quem você é, não?

Pois bem, se não der certo, haverá outros primeiros encontros. Como dizem por aí, a prática leva à perfeição.

COM O HUMOR E COM O AMOR...

... O QUE IMPORTA É A ATITUDE.

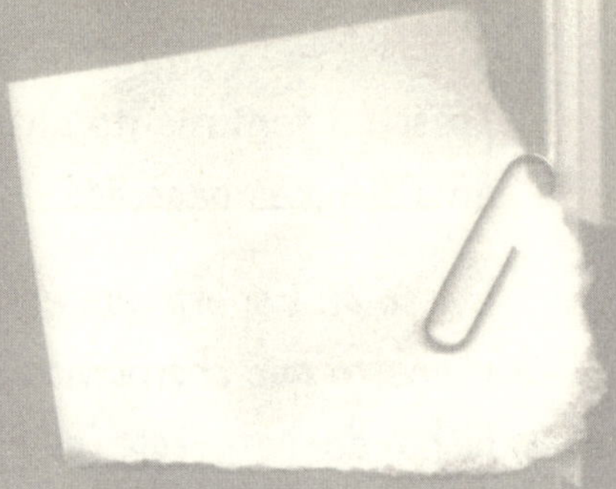

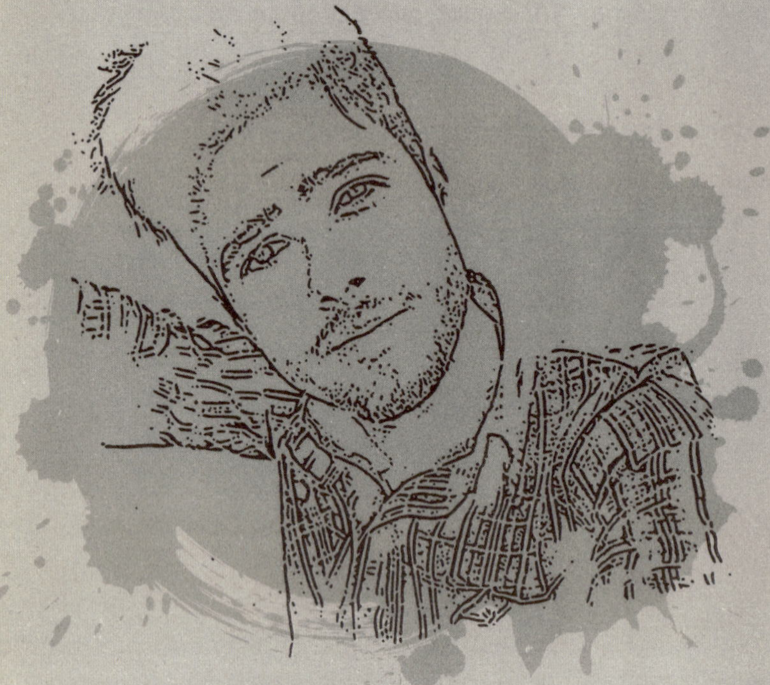

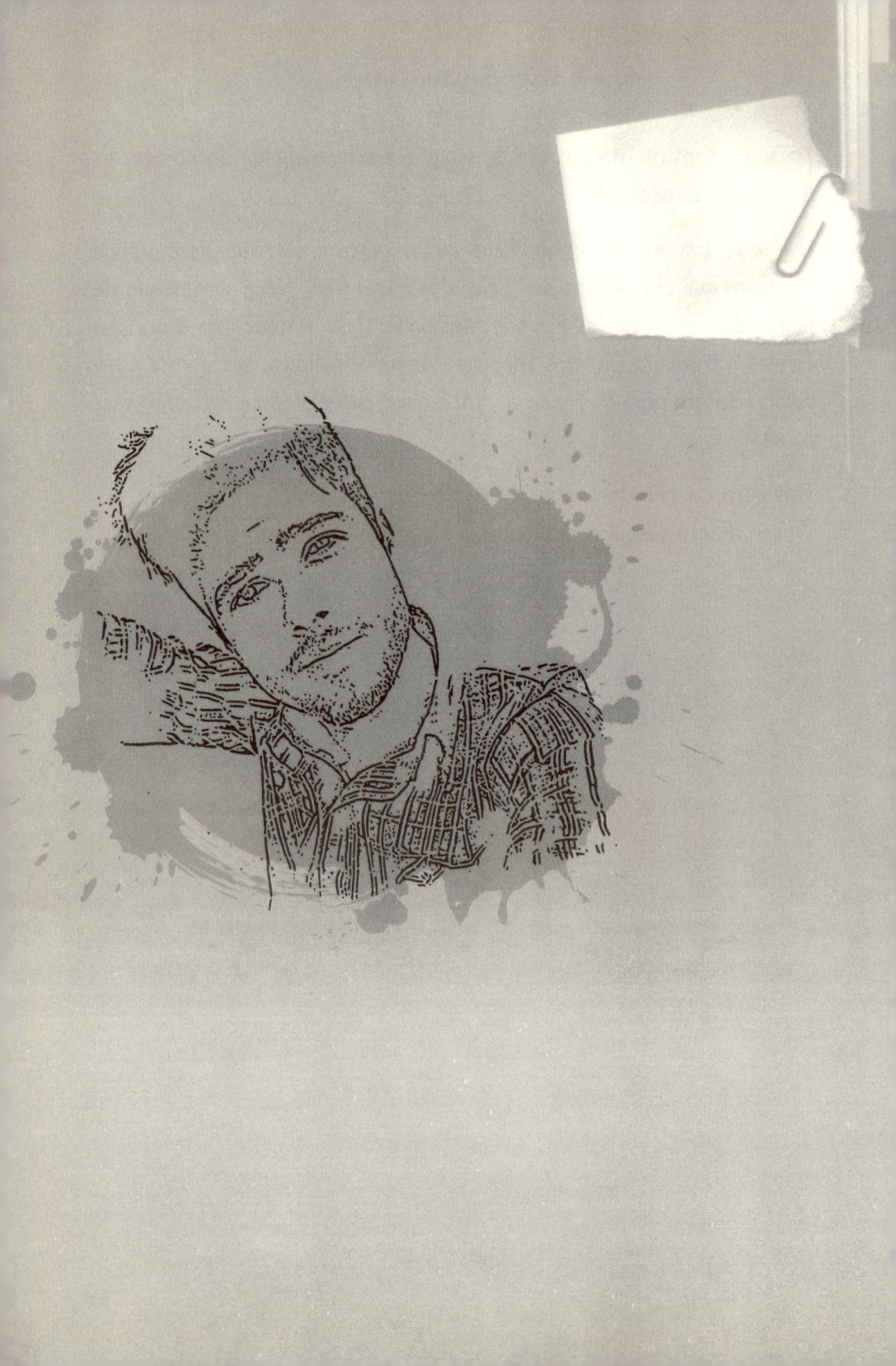

NAMORO A DISTÂNCIA

Vamos falar desta modalidade de amor: o Namoro a Distância.

Namorar alguém que está em outra cidade (ou estado. Ou país. Planeta, não. Não me lembro de ver nenhum amigo namorando extraterrestres, pelo menos) é uma coisa que deixa muita gente na dúvida. Talvez seja por insegurança de não estar perto da pessoa ou por medo de não saber amar estando longe.

Bom, vou contar pra você minha experiência.

Meu primeiro namoro foi a distância, aquela típica história de internet: duas pessoas se conhecem, se apaixonam e lamentam por morar longe uma da outra.

Eu decidi encarar essa distância. Eram mais de seiscentos quilômetros que nos separavam. Coisa pra caramba! Vou confessar a você que no começo eu fiquei com bastante medo de não dar certo por causa disso. O mais difícil era aguentar meus amigos me contando vários mitos sobre namoros a distância, e vinham com aquele clássico ditado "o que os olhos não veem o coração não sente". Como se eles soubessem de verdade alguma coisa sobre isso.

A distância, embora eu achasse que seria uma das maiores barreiras de nosso relacionamento, não fez diferença nenhuma. Ao contrário, me fez valorizar mais o tempo que passávamos juntos. É por isso que hoje eu digo que um namoro a distância dura dependendo de como as duas partes, tanto ele quanto ela, saibam lidar com um relacionamento assim.

Rafael Moreira

No meu caso, o namoro chegou ao fim. Mas não por causa da distância.

Conheço vários casos de pessoas que namoraram com a lonjura no meio sem ter nenhum problema. Gosto de dizer que podemos usar as barreiras para nos fortalecer. É preciso ter o essencial: respeito, fidelidade e, claro, o amor — aí o resto fica mais fácil de lidar.

Não é preciso estar perto fisicamente pra mostrar o quanto você gosta da pessoa, mesmo porque, com a tecnologia de hoje, você pode mostrar que está perto mesmo estando longe.

Complicado, né?

São coisas simples que acabam fazendo total diferença em um relacionamento assim, como uma ligação em vez de mensagens. Eu, particularmente, gosto de combinar de assistir um filme juntos por telefone. Os dois soltam o filme ao mesmo tempo e vão assistindo e comentando.

Não encare a distância como algo impossível de se levar num relacionamento. Existem vários casais que moram em cidades grandes e só se veem nos finais de semana, ou às vezes nem isso.

Mas tenha comprometimento. Não inicie um namoro por diversão, procure saber se você realmente gosta da pessoa, porque, se não gosta... nada vai dar certo.

A maior dificuldade de um relacionamento não é só a distância, é aprender a confiar. Eu sempre disse "em você eu confio, não confio é nas outras pessoas", mas nunca percebi quão ignorante eu estava sendo. Vou dar um exemplo fácil pra você entender: quando você conta um segredo pra um amigo, você tem medo que ele conte pra alguém? Certamente não, porque você confia nele, e mesmo não confiando nas outras pessoas sabe que ele não vai sair contando.

Não precisa ficar lembrando, repetindo: "Cara, não vai contar aquele segredo, hein? Não vacila, não conta!".

Assim também é num relacionamento. Se você confia na pessoa, não importa o que acontecer, você vai continuar confiando nela. A menos que ela dê motivos pro contrário. Aí já é outra história.

Enfim, namoro a distância é possível. Vou ser um pouco clichê aqui... me desculpe, mas às vezes é difícil não ser. Antes de amar com o corpo, ame com o coração, sinta, se apaixone, se envolva. Mas não se esqueça do básico: RESPEITE, SEJA FIEL E CONFIE, QUE AÍ VOCÊ VAI VER QUE A DISTÂNCIA NEM VAI FAZER MUITA DIFERENÇA.

E, quando estiverem juntos, aproveite cada minuto.

Faça dos momentos boas lembranças pra você levar ao se deitar na cama quando ela ou ele estiverem longe novamente. Surpreenda, fuja do normal, não seja uma pessoa previsível. No final, toda essa distância vai valer a pena. PENSE ASSIM: "ESTOU FAZENDO UMA VIAGEM DE SEISCENTOS QUILÔMETROS PRA DEPOIS TER UMA VIDA INTEIRA AO LADO DE QUEM ME FAZ BEM".

> QUANDO OLHO PRO CÉU, NÃO VEJO APENAS O QUE ESTÁ LÁ EM CIMA. PENSO EM TUDO QUE ESTÁ EMBAIXO DELE.
>
> QUANTAS PESSOAS, COMO EU, ESTÃO OLHANDO PRA CIMA NESTE MOMENTO?

1

CIÚME
(NÃO ALIMENTE O MONSTRO)

Ah, o ciúme. Velho companheiro dos amantes e de qualquer pessoa que respire na face da Terra. Quem nunca sentiu isso na vida?

Ciúme da sua mãe, por causa daqueles seus amigos que frequentam sua casa toda semana. Do seu cachorro, quando ele faz festa para o seu vizinho e não vai buscar a bolinha que você jogou. Do seu pai, quando aqueles mesmos caras que frequentam sua casa toda semana ficam horas conversando sobre futebol com ele — e você precisa lavar a louça que seus amigos sujaram.

Parece que o ciúme é uma coisa que nasce e cresce com a gente.

Quando somos crianças, por exemplo, temos nosso brinquedo predileto, que não queremos que ninguém mexa. E também tem os irmãos e primos, muitas vezes objeto de nosso ciúme, pois nossas mães ousam dar atenção a eles, aqueles fedelhos! Mas crescemos e aprendemos que não podemos ter a atenção toda da nossa mãe pra gente, e ficamos mais tranquilos quando ela compra um presente pra nossa prima e não pra nós. Mas aí crescemos mais um pouco e vamos pra escolinha...

Quando você passa a conhecer gente nova, fora da família, você faz amiguinhos. E os amiguinhos fazem o quê? Outros amiguinhos! Aí vem de novo toda aquela noia do ciúme, pois queremos que nosso melhor amigo seja um BFF de verdade, e ninguém toca um dedo nessa linda amizade! No fim vemos que amizade de verdade não é aquela coisa exclusiva, possessiva, que imaginamos. Mas aí amadurecemos mais um pouco (alguns, diga-se de passagem) e conhecemos nosso primeiro amor...

Mas chega de exemplos. No meu caso, tenho ciúme até da minha cama. E foi assim que acordei, enquanto rolava de um lado para o outro com toda a preguiça do universo, que comecei a pensar no tema deste capítulo.

O ciúme em um relacionamento. Seria verdadeira aquela frase "se sente ciúme é porque ama"? Será que não existe outra maneira de mostrar ao outro que você se importa?

Ninguém tem ciúme de alguma pessoa sem sentir "algo" por ela. Mas não podemos chamar esse "algo" de amor. Muita gente tem um sentimento de posse pelo próximo, o que é horrível. Ninguém lhe pertence, como uma propriedade, como um carro, como um PlayStation.

Nada melhor do que ter como companheiro alguém que está ali, ao seu lado, por escolha própria — e não porque se sente algemado ao seu coração.

Tem o outro lado da moeda: ao mesmo tempo, às vezes eu penso que, lá no fundo, nós adoramos provocar ciúme em alguém. Ou vai me dizer que você nunca provocou sua namorada com aquilo de que você sabe que ela tem ciúme só pra ver ela demonstrando isso pra você?

O complicado é quando ele ou ela resolve fazer o mesmo... Aí você fica louco.

(E, gostando ou não, aí está um bom momento para você aprender a não fazer com os outros o que não deseja para si mesmo.)

Voltando ao ciúme: eu estava fazendo uma pesquisa na internet e vi um site que dizia que um dos principais requisitos que você precisa encontrar em alguém quando sua intenção é casar é saber se esse alguém é ciumento. E que, se a resposta for positiva, significa que a pessoa é "boa pra casar".

Sentido, cadê você?

A minha definição de uma criatura ciumenta é aquela pessoa que quer descobrir os seus podres, aquele segredo que vai arruinar a sua própria vida. Que vai fazer você se sentir culpado e sujo diante dela. É uma pessoa que te domina através do medo.

E o medo é um sentimento bem distante do amor

"MAS, RAFA... E O CIÚME FOFO?"

Acontece que o ciúme fofo não para por aí, na fofura. Ele vai crescendo. Começa como uma bactéria, que você dificilmente vai enxergar a olho nu, e depois se torna um monstro gigantesco chutando prédios e pisando em casas, impossível de ser ignorado. Tipo um Godzilla, que, em vez de se alimentar de radiação, prefere comer ciúmes no café, no almoço e na janta, só para depois pisotear o seu psicológico.

Hoje a maioria dos relacionamentos não se baseia mais na confiança.

Se você gosta de alguém, a sua maior preocupação não é demonstrar isso para ele, e sim provar pra você mesmo que ele não vai te trair. Se convencer de que o outro jamais faria qualquer estupidez do tipo.

Isso faz com que você crie dentro de si uma neura tão forte que vai te fazer vasculhar a vida inteira da pessoa, puxando do boletim de notas do primeiro ano da escola até a ficha criminal do parceiro.

Rafael Moreira

Estou falando de uma maneira um pouco abstrata, mas me coloco aqui como exemplo. Por diversas vezes já me peguei dando aquela stalkeada de leve só pra ver com quem a pessoa em quem eu estava interessado (ou a que eu estava namorando) conversava e qual era o assunto entre eles.

E quer saber o pior?

Quem procura acha!

Às vezes até um simples "OIIIIII" com algumas letras a mais já é um motivo de desconfiança quando você dá espaço para o ciúme.

> SE VOCÊ CONFIA NA PESSOA, NÃO IMPORTA O QUE ACONTECER, VOCÊ VAI CONTINUAR CONFIANDO NELA. A MENOS QUE ELA DÊ MOTIVOS PRO CONTRÁRIO. AÍ JÁ É OUTRA HISTÓRIA.

"Nossa, Rafa... Você tá sendo muito radical! Existe o ciúme possessivo e o ciúme que até que faz um certo bem para uma relação."

O que eu tô querendo dizer é que esse "ciúme que faz bem" se transforma em ciúme possessivo. Godzilla, lembra?

Pare e pense comigo. Tente materializar a cena que vou descrever:

Você e o seu namorado estão assistindo a um filme quando o celular dele começa a tocar. É a Fernanda, do serviço dele. Ou da escola, que seja. Ela quer saber algo referente a um trabalho. Quando ele desliga o celular, você fecha a cara só pra ele dizer que ela era apenas uma colega do trabalho e que ele só quer você.

Pronto! Aí está um exemplo do "ciúme que faz bem", certo? Ele te abraçou, te apertou e disse que só queria você.

Para ele foi bom, porque ele sentiu que você gosta dele. Para você foi melhor ainda, pois ele disse o que você queria ouvir.

"Tá vendo, Rafa? Ciuminho dos bons!"

Nada disso. Essa história não vai parar por aí.

Quando você chegar na sua casa, uma vozinha irritante vai ficar zumbindo na sua cabeça, dizendo que você deveria pesquisar sobre a tal Fernanda. Enquanto isso, uma outra voz boazinha vai ficar repetindo "Ele só quer você, deixa de bobeira!".

E aí, qual você vai ouvir?

Deixa eu adivinhar... A voz irritante, né?

Aí você resolve dar aquele pulinho básico na internet, apenas para dar uma olhada no perfil da Fernanda e ver que, UAU!, ela é linda.

O que você vai fazer?

Fechar ou pesquisar mais sobre ela?

Não preciso nem responder, né? Daí a cinco minutos você já vai ter até o mapa de todos os lugares que ela frequenta durante a semana para evitar um possível encontro dela com seu namorado.

Então, esse ciúme vai além, bem mais além. Porque esse é o mundo que o ciúme habita, que faz com que você se sinta ameaçado por uma pessoa ou por uma ocasião que talvez nem exista.

Esse é o mal que destrói muitos relacionamentos. Com ele, vêm outros diversos sentimentos que minam suas forças, e um deles é a baixa autoestima. Você nunca acha que é boa ou bom o bastante para a pessoa. Para quem tem baixa autoestima, se o relacionamento por acaso acabar, o único que vai sair perdendo é você.

Como eu disse lá no começo, antes de Fernandas e Godzillas, eu já fui uma pessoa muito ciumenta. Cheguei ao extremo de achar que eu não era o suficiente.

Ainda hoje eu me pego em algumas situações assim, vez ou outra. Posso dizer que estou em um processo de amadurecimento nesse quesito. Faz parte. Mas, comparado a antigamente, hoje eu sou uma pessoa bem mais confiante. Tanto em mim quanto na outra pessoa.

Sei que eu sou o suficiente pra fazer alguém feliz de modo que ela não precise buscar a felicidade em outros, e isso é o essencial.

Você tem que estar contente consigo mesmo, e com um único pensamento fixo em sua mente: QUALQUER "ERRO" QUE A OUTRA PESSOA FIZER, ELA NÃO VAI ESTAR APENAS TE PREJUDICANDO, MAS PREJUDICANDO A SI MESMA.

Porque você é uma pessoa difícil de encontrar por aí.

E é por isso que, para mim, o ciúme não é um sinal de amor. Pode ser de apego, de sentimento de posse... Mas não de amor.

Então, busque não dar espaço pra um sentimento assim... Não alimente o monstro. Podemos demonstrar que gostamos de alguém de diversas outras formas.

VALORIZE QUEM ESTÁ DO SEU LADO, MAS VALORIZE MAIS AINDA QUEM VOCÊ É. CONFIE EM SI MESMO.

E, no final, diga ao ciúme que você escolheu a felicidade.

Porque não existe sensação melhor do que a de colocar a cabeça no travesseiro e dormir com o coração leve e tranquilo.

EU ESCOLHI ESPERAR

Aí está um assunto que sempre deu o que falar.

Já ouviu essa expressão antes? Eu Escolhi Esperar? Não, não é o caso de quando você fica na linha esperando a mina do call center cancelar teu plano de TV a cabo, e ela diz que você pode fazer pela internet ou aguardar na linha. É sobre outra coisa. Sobre autorrespeito.

Normalmente, o cidadão comum que gosta de julgar a torto e a direito gosta de generalizar, dizendo que o Eu Escolhi Esperar é apenas "um movimento pela castidade".

Por isso, sempre que vejo algum texto ou vídeo com esse título já espero que seja algo criticando o movimento.

Mas por quê?

Talvez por existirem pessoas que julguem demais a vida dos outros. As escolhas que elas fazem. Isso faz com que alguns sintam vergonha de mostrar a maneira como escolheram viver, por medo do que os outros vão achar.

Vamos começar deixando as coisas claras. Eu sou evangélico. Mas nem por isso sou perfeito. Vou contar pra você por que eu escolhi esperar, mas antes vou explicar o que é o movimento.

Bom, assim como muita coisa que bomba na internet acaba virando "modinha", o Eu Escolhi Esperar também virou.

E o que seria modinha? É tipo moda de viola?

Rafael Moreira

MODINHA, PRA MIM, SÃO AQUELAS PESSOAS QUE VEEM O NOME E JÁ SAEM REPETINDO SEM SABER O REAL SIGNIFICADO DO LANCE, SEM SABER A IDEOLOGIA DO ASSUNTO. E ISSO VALE TANTO PRA QUEM CRITICA QUANTO PRA QUEM CONCORDA.

Muita gente acha que é uma campanha a favor da virgindade. Mas não é! O Eu Escolhi Esperar é uma campanha de preservação sexual e integridade emocional. A questão da preservação sexual apoia aqueles que decidiram se preservar sexualmente até o casamento. Sendo virgens ou não, são pessoas que escolheram (espontaneamente, não por imposição religiosa) esperar até o casamento para desfrutar da intimidade sexual. E nessa questão de se respeitar, da possibilidade de escolher, é que está o lance da integridade emocional.

Essa é a ideologia do movimento. Pra mim não existe nada melhor que isso: você esperar a pessoa certa pra se entregar totalmente a ela.

Então, vamos lá!

Eu não escolhi esperar pelo "amor da minha vida", eu não escolhi esperar por outra pessoa. Eu escolhi ME esperar, esperar por minha maturidade (e maturidade não vem só com a idade), esperar eu estar feliz o suficiente comigo mesmo para poder fazer outra pessoa feliz.

Já tive várias desilusões amorosas, e diante disso eu parei pra pensar: "Poxa, eu só tenho 17 anos. Pra que ocupar a minha cabeça com essas coisas?".

Então, eu preferi focar em coisas mais importantes pra mim no momento. Eu não quero começar um relacionamento tendo uma vida financeira instável, ou vocês acham que um namoro não tem gastos? Você sabe como o ser humano adora gastar! E começar um namoro pedindo dinheiro pro papai pra sair com a namorada não é nada legal, né?

Outra coisa é o meu futuro profissional. Eu com 12 anos já tinha planejado tudo da minha vida, sabe? Desde aquela idade já sei qual faculdade quero fazer. Por conta disso, tracei metas pra minha vida.

São coisas bobas, mas é a minha vontade pessoal.

Várias pessoas me dizem: "Mas o namoro é pra você conquistar tudo isso com outra pessoa".

NÃÃÃÃO!

Isso, pra mim, é casamento. Se você não conseguir conquistar as coisas sozinho, acha que depender de outra pessoa pra isso vai ser legal?

Eu tenho muitos sonhos, e um deles é o de constituir uma família.

Quero ter filhos e acordar todo dia ao lado de alguém que eu sinta orgulho de olhar e falar: "Essa é a mãe dos meus filhos, é quem eu sempre sonhei pra estar ao meu lado". E esse é um dos motivos da minha escolha por esperar. Quero dar à minha família uma ótima condição de vida. Você pode até pensar que eu estou sendo radical, e eu sou mesmo quando o assunto é a minha felicidade.

Bom, esse é o meu Eu Escolhi Esperar. Você não precisa pensar assim. Esse foi apenas o jeito que eu encontrei de não me machucar com relacionamentos passageiros. Por mais que falem que isso não existe, eu acredito que, sim, pode acontecer do meu amor verdadeiro, da mulher da minha vida, estar me esperando. Eu sei que um dia vou encontrá-la.

Ahh, e uma reflexão que eu sempre levo comigo. Como eu disse, já errei muito no passado, mas sempre penso na vida como um jardim. Andando por esse jardim, nós encontramos alguns espinhos. Só que os espinhos não fazem o jardim deixar de ser um jardim. Você, que um dia deixou de acreditar em um amor verdadeiro por causa desses espinhos, saiba que eles fazem parte desse jardim. E os espinhos são necessários pra nos ensinar onde colocar as mãos e onde não colocá-las. Ouvi isso em uma música com outro sentido e foi algo que me ajudou muito quando eu estava pra baixo. E serve pra tudo na vida.

Não tenha medo de acreditar na felicidade, de acreditar que exista alguém que você possa realmente amar de verdade.

E não importa pelo que você já passou, não importa a quantos relacionamentos sobreviveu e nem a quantos homens ou mulheres entregou seu corpo.

O que importa é a decisão que você vai tomar daqui pra frente.

Até hoje eu sou zoado constantemente por ter escolhido viver assim. Não vou te falar que é fácil. Eu sou um ser humano! Tenho meus desejos. As vezes fico carente, mas é nas minhas fraquezas que busco meu foco. E o mais legal das pessoas que me zoam é que depois elas me procuram no particular e se abrem, falam sobre os relacionamentos que passaram, sobre suas frustrações, e chegam até a dizer que querem fazer a mesma escolha!

Isso me motiva a continuar.

Vou contar um segredo pra vocês, vocês homens. As mulheres (mulheres, não meninas) adoram um cara que se guardou e que leva um relacionamento a sério.

Agora pra vocês, mulheres. Homens de verdade sonham com uma mulher que faz escolhas para a vida em vez de explosões impulsivas que duram um único momento.

Então, pra ambos: não tenham vergonha de seguir e mostrar a forma como vocês vivem.

Acima de tudo, escolham esperar por vocês e não por outras pessoas.

Nunca é tarde para recomeços. Pior que errar é não querer mudar.

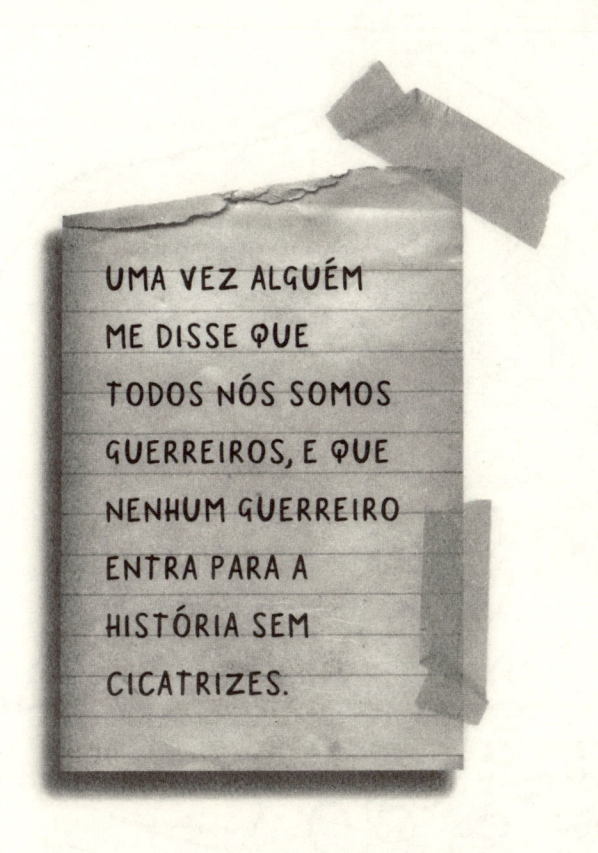

> UMA VEZ ALGUÉM ME DISSE QUE TODOS NÓS SOMOS GUERREIROS, E QUE NENHUM GUERREIRO ENTRA PARA A HISTÓRIA SEM CICATRIZES.

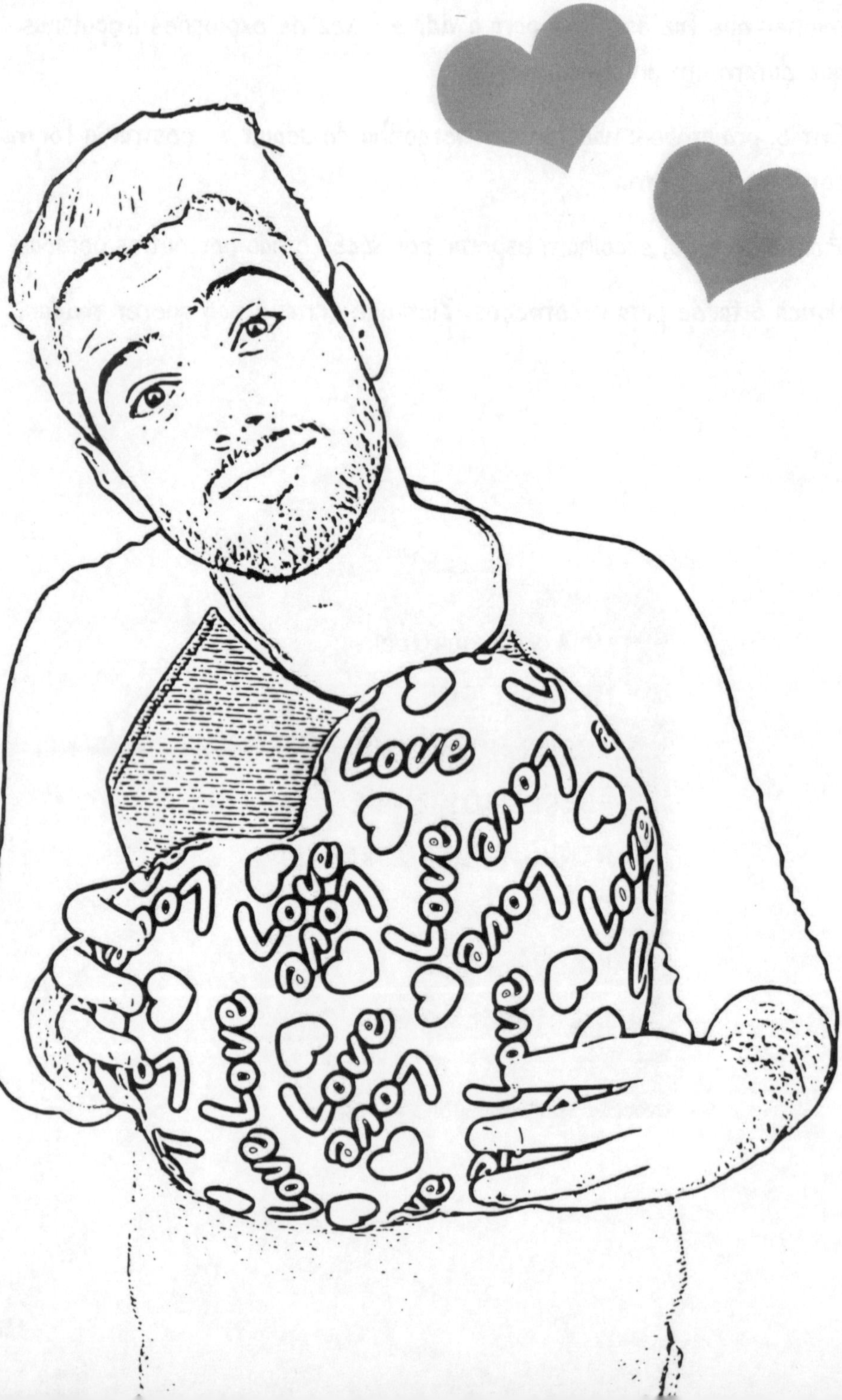
Love

FAMÍLIA, Ê!
FAMÍLIA, AH!

Sabe, eu estava aqui, deitado na minha cama, pensando no que eu escreveria neste capítulo. Aí começou a tocar Titãs em algum lugar da casa, aquela música deles: "Família". E adivinha no que eu pensei.

Sorvete!

Mentira, pensei na minha família. Nem estou com tanta fome assim.

Bom, eu não poderia terminar este livro sem falar dela, e ao mesmo tempo sentia que não conseguiria arranjar palavras para descrevê-la. Quando estava quase chegando à conclusão de que essa era uma tarefa impossível, resolvi arriscar e tentar.

A história começa lá atrás, quando eu ainda era uma criancinha. Meus pais trabalhavam e quem ficava comigo era minha avó Ana. Ela me levava pra escola, me buscava, e até me dava todos aqueles doces que minha mãe não deixava eu comer antes da janta. Claro que era escondido, mas mesmo assim ela me dava (desculpa aí, mãe. Eu juro que ia te contar). Não consigo ter muito mais lembranças dela nessa época, tirando uma única que está registrada na minha cabeça, como uma fotografia em um mural de cortiça: ela, dona Ana, de mãos dadas comigo. Sorrindo.

O tempo foi passando, eu fui crescendo e ao mesmo tempo descobrindo que dentro do sistema chamado família existia um sentimento muito corriqueiro, e talvez um dos piores sentimentos da vida: a saudade.

Meu pai viajava muito. Tinha mês que eu só o via nos finais de semana — e às vezes nem isso. Lembro da minha aflição a cada vez que eu descobria que ele teria que viajar novamente. Uma vez estávamos voltando de um culto de domingo à noite e eu perguntei o que ele faria na próxima semana. Ele tinha acabado de voltar de viagem e me respondeu que precisaria se ausentar novamente.

Eu estava morrendo de saudade, mas virei o rosto para o vidro do carro, encostei a cabeça e comecei a chorar escondido. Era horrível, mas eu nunca contava pra ele. Minha família nunca foi rica, longe disso, mas também nunca passei necessidade. Não tive tudo o que eu quis, mas tive tudo de que precisei. Então, mesmo ainda sendo uma criança, eu sabia que essas viagens eram necessárias para as finanças da família.

Dando um salto no tempo: há poucos meses eu estava em casa, navegando pela internet e respondendo alguns comentários no canal, quando vi o compartilhamento de um vídeo. O vídeo era sobre pais e filhos que serviam o exército americano. Ali eu descobri um outro sentimento dentro da família: o arrependimento.

O vídeo mostrava a felicidade da família ao rever o pai que estava longe. Era de emocionar! O filho, quando via o pai novamente após um longo tempo distante, saía correndo e os dois se abraçavam, em um enlace forte e completamente emocionado. Eu só conseguia ouvir uns "I miss you" e "I love you" abafados pelo aperto, e ali eu via o quanto aquele momento era importante para os dois. Em todo aquele tempo em que eles ficaram distantes, o amor se manteve.

E então o carinho transbordou todo de uma vez, como um dique estourando.

Mas o que isso tem a ver com arrependimento?

É que, quando meu pai voltava de viagem, por mais que eu estivesse com saudades, foram pouquíssimas as vezes em que eu o abracei forte e disse "Pai, senti sua falta". "Pai, eu te amo". E, com isso, guardando meus sentimentos, eu não valorizava o pouco tempo que passávamos juntos.

Como diria Cazuza, o tempo não para! Infelizmente ou felizmente? Difícil saber. Ele me trouxe à tona mais um sentimento, o de perda. Me lembro da última tarde que realmente passei com a minha avó. Você deve estar cansado de tanto me ouvir falar dela, né? É que realmente ela me faz muita falta.

Teve uma vez em que ela veio passar um final de semana em casa, como de costume. Sempre que vinha, ela fazia o seu famoso "pão de batata". Do fundo do meu coração, meu povo: eu tenho pena de vocês que não experimentaram essa maravilha que a dona Ana fazia. Naquela ocasião passei a tarde inteira com ela, dando risada, contando piada. Quando já era de noite, praticamente madrugada, ela começou a se sentir mal e levamos ela para o pronto-socorro.

Daquela madrugada em diante foram quatro meses de idas e vindas ao hospital. Até que chegou o dia em que ela se foi, e realmente não quero dar detalhes aqui. Talvez em outra oportunidade, quem sabe. Mas essa foi a pior dor decorrente de uma perda que eu senti na minha vida. Eu já tinha perdido alguém antes, mas nunca alguém que vivia comigo, que era responsável por grande parte da minha felicidade rotineira. Ela era tipo uma segunda mãe. Só de imaginar que um dia o tempo vai me trazer novamente essa dor já me aperta o coração.

A família é a única coisa que envolve todos os sentimentos existentes. Falei da saudade, do arrependimento, da perda, mas não falei do amor. É porque o amor é tudo isso e mais um pouco.

O AMOR É AQUELA MANHÃ QUE EU PASSAVA COM A MINHA VÓ QUANDO ERA CRIANÇA, A FOTOGRAFIA AFIXADA EM MINHA MENTE, QUE NUNCA PERDE A COR E O VERNIZ.

O AMOR ERA QUANDO MEU PAI VIAJAVA. SIM! ISSO TAMBÉM ERA AMOR. ELE TAMBÉM SENTIA SAUDADE DA FAMÍLIA, MAS POR CAUSA DESSE SENTIMENTO ELE SABIA O QUE ERA PRECISO PARA TRAZER CONDIÇÕES DE VIDA MELHORES PARA O NOSSO LAR.

O AMOR ERA AQUELE PÃO DE BATATA DA MINHA VÓ, OU AQUELA LASANHA QUE MINHA MÃE FAZ SEMPRE QUE EU PEÇO.

O AMOR FOI (E AINDA É) TODAS AS VEZES QUE MEUS PAIS CHAMARAM MINHA ATENÇÃO.

O AMOR REFLETE EM TODOS OS SORRISOS, EM TODOS OS FINAIS DE SEMANA, EM TODAS AS DATAS COMEMORATIVAS QUE PASSAMOS JUNTOS. O AMOR É A SAUDADE, O ARREPENDIMENTO E A PERDA.

E o medo de experimentar todos esses sentimentos.

Embora seja difícil escrever sobre isso, fico feliz por deixar esse desabafo aqui. Me arrependo de todas as vezes que deixei de dizer um "eu te amo" aos meus pais, da minha inocência de quando eu era criança, por não querer segurar na mão da minha mãe na frente dos meus amigos. Me arrependo de todas as vezes em que eu tive a oportunidade de passar um momento com a minha família ou com alguns colegas que eu mal conhecia, e, na tolice, escolhia os colegas. Porque eu queria me enturmar... Sabia de nada, inocente.

Olha, se tudo parecer não ter nenhuma importância pra você, tudo bem... Mas a família é tudo que você tem nesta vida. É ela que vai te erguer quando você cair — e que muitas vezes vai amparar a sua queda, muito antes de você chegar ao chão. Então, valorize cada segundo que você tem com eles. Antes que a saudade, o arrependimento e a perda resolvam voltar, no curso natural da vida.

Desembrulhe esse presente que recebemos em todas as datas. Para desembrulhá-lo, é só lembrar que ele existe.

Desejo tempo a vocês, meus amigos.

E que vocês o aproveitem com sua família.

> PS: vocês já foram ver algum filme da Marvel no cinema? Se nunca foram e pretendem ir algum dia, esperem os créditos terminarem. SEMPRE tem uma cena adicional. E este texto aqui é tipo isso.

Eu falei que me arrependi de todas as vezes que não segurei na mão da minha mãe na frente dos meus amiguinhos da escola. Como eu era boboquinha!

Então, vou corrigir essa injustiça. Mãe, o livro é seu. Fala oi pro povo, mãe.

    Oi, gente.

Legal. Pode me fazer passar vergonha, falar o que quiser. Acho que o pessoal já está de saco cheio de tanto me ler até aqui, vamos variar. É ou não é?

Bom, de qualquer forma eu pretendia falar de você, mesmo...

Mãe!

Vai reclamar de novo?

Não, não... Tô zoando, fala o que quiser.

Hum. Então tá.

A maternidade é o sonho de muitas mulheres. Porém, desde a minha adolescência, os médicos me diziam que eu não poderia ter filhos devido a um problema nos ovários. Aos 18 anos, em um culto, a pastora que estava ministrando disse que Deus estava curando pessoas ali presentes, e entre elas uma mulher que não poderia ter filhos. Na ocasião não dei muita atenção... Seis anos mais tarde decidi me casar, e meu futuro marido já estava ciente do meu problema. Já havíamos inclusive discutido a possibilidade de adoção.

Mas foi só depois de dois anos de casada que decidi procurar um médico, e comecei o tratamento para que conseguisse engravidar. Segundo o doutor, o processo não seria algo impossível, mas seria demorado. Então, um mês depois, acordei de manhã para trabalhar e um homem passou por mim na rua... E ele estava usando um perfume tão forte que comecei a vomitar a cada dois passos que dava...

Poxa, eu ia comer alguma coisa agora. Deixa quieto.

A-HAM! Continuaaaando... Foi muito difícil chegar até o meu trabalho naquele dia. Eu estava me sentindo muito debilitada. A primeira coisa que fiz ao chegar foi pegar o telefone e ligar para o meu médico, que era meu padrinho de casamento e um grande amigo da família. Contei o que estava acontecendo, e ele foi até o meu trabalho. Me entregou uma guia para fazer um exame e me recomendou que eu fosse no mesmo dia. Meu marido, que também havia saído para trabalhar, nem imaginava como estava sendo o meu dia. Então lá fui eu, fazer o exame em uma clínica bem próxima do meu trabalho.

A recepcionista me informou que o resultado só chegaria no dia seguinte, mas que, se eu ligasse no laboratório à tarde, já me dariam uma resposta. Na hora do meu café, foi o que fiz: liguei, e a voz do outro lado me disse: "Parabéns, você está grávida!".

Foi uma alegria dividida entre todos os amigos do meu trabalho. Em seguida resolvi dar a notícia para o futuro papai. Passei numa floricultura, escolhi um buquê de lindas flores do campo...

Mulher de atitude, hein?

... coloquei uma chupeta no meio e escrevi um bilhete que dizia: "Querido papai: estou chegando. Em breve estaremos juntinhos!" e enviei para o trabalho dele.

Assim que ele recebeu, me ligou, muito emocionado, chorando de alegria. Quando chegamos em casa, fomos até nossos parentes mais próximos dar a tão esperada notícia.

Foi uma gravidez linda. Rafael nasceu com 3,650 quilos, de cesariana. Já nasceu lindo, e todas as enfermeiras diziam que queriam ver o bebê mais bonito que havia nascido naqueles dias. Era um pouco chorão...

Era.

... o que significou muitas noites em claro.

Porém, quando ele já estava com um ano e oito meses, quase saindo das fraldas, o pediatra disse que ele estava com uma infecção urinária, e que era algo preocupante. Era um probleminha nos rins do Rafa, e talvez fosse necessário até um transplante...

Naquele dia eu orei, chorando do lado do berço. E ele acordou, me dando um sorriso enorme, como se dissesse para eu não me preocupar que tudo ficaria bem, e que Papai do Céu iria curá-lo.

E curou. O mais engraçado é que Rafael significa "curado por Deus". E assim foi feito.

Hoje ele está aí, um jovem determinado, lindo e curado. Sou grata a Deus por tê-lo em minha vida. Sou grata pelo eterno lembrete de que jamais devo desistir de confiar Nele. Não importa a gravidade da situação.

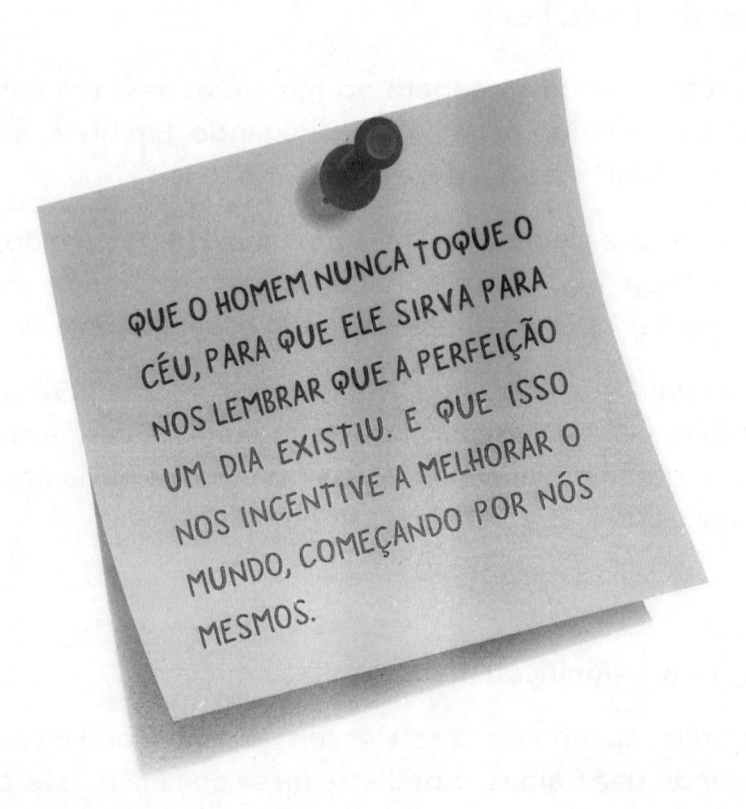

> QUE O HOMEM NUNCA TOQUE O CÉU, PARA QUE ELE SIRVA PARA NOS LEMBRAR QUE A PERFEIÇÃO UM DIA EXISTIU. E QUE ISSO NOS INCENTIVE A MELHORAR O MUNDO, COMEÇANDO POR NÓS MESMOS.

ENTÃO, É ISSO

Às vezes a vida nos coloca obstáculos que nos fazem pensar se o que estamos fazendo é o certo ou se será possível realizá-lo. Pois bem, são esses obstáculos que encontramos pelo caminho que nos desanimam, nos deixam pra baixo. Mas olhe para o lado e veja como está o mundo lá fora. Cheio de pessoas precisando de uma palavra de amor e motivação.

Não deixe que um simples desafio tire seu foco. Nada é impossível quando se tem fé. Olhe o exemplo da minha mãe: hoje, além de mim ela tem outro filho!

Então não ligue para o que as pessoas dizem. Não sei qual é o seu sonho, mas sei que você é capaz de realizá-lo.

Por experiência própria posso dizer pra vocês que eu fui alguém que venceu algumas barreiras até chegar aqui.

Cresci ouvindo palavras que desanimavam. Fui de escola pública, como disse, e mesmo assim hoje você está aí, lendo um livro que eu escrevi. Se eu posso, você também pode! Não se deixe limitar pelas circunstâncias.

Não estou dizendo que o seu sonho é escrever um livro. O meu era, e qual era a chance disso acontecer com alguém como eu? Se fosse pra ouvir os outros, eu NUNCA teria conseguido.

Mas eu não deixei que isso me impedisse e venci o meu maior obstáculo: eu mesmo! Eu ouvia coisas que me desmotivavam e sentia em mim mesmo a desmotivação, até que um dia ouvi uma palavra de amor que me trouxe ânimo:

"Tudo posso naquele que me fortalece." (Filipenses 4:13)

Descobri que eu posso tudo naquele que me dá forças: Deus!

Espero que você não desista dos seus sonhos, e que busque forças no mesmo lugar onde eu busquei. Por mais difícil que seja o seu objetivo, insista, acredite e conquiste!

É isso, galera. Espero que tenham gostado. Grande beijo e até a próxima!

AGRADECIMENTOS

Este é o meu primeiro livro, e foi um dos maiores desafios que eu venci na minha vida. Aprendi muita coisa nesse processo e conheci pessoas que ajudaram a tornar possível o meu sonho. Então, nada mais justo do que agradecer a todos os envolvidos, começando, claro, por Deus. Quando eu pensava que não ia conseguir, encontrava forças neste versículo:

> "O que ninguém nunca viu nem ouviu, e o que jamais alguém pensou que podia acontecer, foi isso o que Deus preparou para aqueles que o amam" (1 Coríntios 2:9).

Agradeço também o apoio que tive dos meus pais. Meu pai sempre me alertando sobre o que eu deveria tomar cuidado, e minha mãe me dando várias ideias sobre os temas abordados aqui. E, claro, meu irmão, sempre no meu pé, perguntando "Quando vai ser o lançamento?". Obrigado! Vocês foram fundamentais pra isso acontecer!

Falando em fundamentais, eu não posso deixar de agradecer ao Thiago Mlaker, ou melhor, "Meu querido editor", como eu costumo chamá-lo. E também ao Marcelo Pelegia, que cuidou de toda a parte do marketing. Aprendi muita coisa com vocês. Além de serem companheiros de trabalho, obrigado por serem meus amigos.

Rafael Moreira

Já que eu falei de amigos, tá na hora de agradecer outra pessoa que me ajudou muito. O sr. Christian Figueiredo de Caldas. Ele esteve comigo desde o início e também me ensinou muita coisa. Obrigado por ser esse amigo que eu posso chamar de irmão.

Levando em consideração o "ensinou", também tenho que agradecer à minha escola, meus professores, colegas de classe e também a diretoria. No processo de criação do livro eu tive que fazer algumas viagens, e eles seguraram as pontas para que eu não precisasse fazer o 3º ano novamente (hehehehe).

Bom, galera, eu poderia escrever mais um livro com a lista de pessoas que eu tenho pra agradecer, então obrigado a todos os meus amigos pelo apoio e obrigado a toda a equipe da Novo Conceito!

Pode ter certeza que eu não vou parar por aqui. Separe um espaço na sua estante que daqui a pouco estou chegando com mais um!

Ouvi dizer que eu me apaixonei por alguém... Pode ser que saia algum livro sobre isso. Sei lá, são apenas boatos. Hehehehehe. ☺

LOVE
love
i♥U!
love

i♥U!
love